LES ENFANTS TERRIBLES

JEAN COCTEAU
de l'Académie française

Les Enfants terribles

ROMAN

BERNARD GRASSET

© Éditions Bernard Grasset, 1925.
ISBN : 978-2-253-01025-8 - 1ʳᵉ publication - LGF

PREMIÈRE PARTIE

1

La cité Monthiers se trouve prise entre la rue
d'Amsterdam et la rue de Clichy. On y pénètre, rue
de Clichy, par une grille, et, rue d'Amsterdam, par
une porte cochère toujours ouverte et une voûte
d'immeuble dont la cour serait cette cité, véritable
cour oblongue où de petits hôtels particuliers se
dissimulent en bas des hautes murailles plates du
pâté de maisons. Ces petits hôtels, surmontés de
vitrages à rideaux de photographe, doivent appartenir à des peintres. On les devine pleins d'armes,
de brocarts, de toiles qui représentent des chats
dans des corbeilles, des familles de ministres boli-
viens et le maître les habite, inconnu, illustre,
accablé de commandes, de récompenses offi-
cielles, protégé contre l'inquiétude par le silence
de cette cité de province.

Mais deux fois par jour, à dix heures et demie
du matin et à quatre heures du soir, une émeute
trouble ce silence. Car le petit lycée Condorcet
ouvre ses portes en face du 72 *bis* de la rue
d'Amsterdam et les élèves ont choisi la cité comme
quartier général. C'est leur place de Grève. Une
sorte de place du Moyen Âge, de cour d'amour, des

jeux, des miracles, de bourse aux timbres et aux billes, de coupe-gorge où le tribunal juge les coupables et les exécute, où se complotent de longue main ces brimades qui aboutissent en classe et dont les préparatifs étonnent les professeurs. Car la jeunesse de cinquième est terrible. L'année prochaine, elle ira en quatrième, rue Caumartin, méprisera la rue d'Amsterdam, jouera un rôle et quittera le sac (la serviette) pour quatre livres noués par une sangle et un carré de tapis.

Mais, en cinquième, la force qui s'éveille se trouve encore soumise aux instincts ténébreux de l'enfance. Instincts animaux, végétaux, dont il est difficile de surprendre l'exercice, parce que la mémoire ne les conserve pas plus que le souvenir de certaines douleurs et que les enfants se taisent à l'approche des grandes personnes. Ils se taisent, ils reprennent l'allure d'un autre monde. Ces grands comédiens savent d'un seul coup se hérisser de pointes comme une bête ou s'armer d'humble douceur comme une plante et ne divulguent jamais les rites obscurs de leur religion. À peine savons-nous qu'elle exige des ruses, des victimes, des jugements sommaires, des épouvantes, des supplices, des sacrifices humains. Les détails restent dans l'ombre et les fidèles possèdent leur idiome qui empêcherait de les comprendre si d'aventure on les entendait sans être vu. Tous les marchés s'y monnaient en billes d'agate, en timbres. Les offrandes grossissent les poches des chefs et des demi-dieux, les cris cachent des conciliabules et je suppose que si l'un des peintres, calfeutré dans son luxe, tirait la corde qui manœuvre les baldaquins du rideau de photographe, cette jeunesse ne lui fournirait pas un de ces motifs qu'il affectionne et qui s'intitulent :

Ramoneurs se battant à coups de boules de neige,
La main chaude ou *Gentils galopins.*

Ce soir-là, c'était la neige. Elle tombait depuis la veille et naturellement plantait un autre décor. La cité reculait dans les âges ; il semblait que la neige, disparue de la terre confortable, ne descendait plus nulle part ailleurs et ne s'amoncelait que là.

Les élèves qui se rendaient en classe avaient déjà gâché, mâché, tassé, arraché de glissades le sol dur et boueux. La neige sale formait une ornière le long du ruisseau. Enfin cette neige devenait la neige sur les marches, les marquises et les façades des petits hôtels. Bourrelets, corniches, paquets lourds de choses légères, au lieu d'épaissir les lignes, faisaient flotter autour une sorte d'émotion, de pressentiment, et grâce à cette neige qui luisait d'elle-même, avec la douceur des montres au radium, l'âme du luxe traversait les pierres, se faisait visible, devenait ce velours qui rapetissait la cité, la meublait, l'enchantait, la transformait en salon fantôme.

En bas le spectacle était moins doux. Les becs de gaz éclairaient mal une sorte de champ de bataille vide. Le sol écorché vif montrait des pavés inégaux sous les déchirures du verglas ; devant les bouches d'égout des talus de neige sale favorisaient l'embuscade, une bise scélérate baissait le gaz par intervalles et les coins d'ombre soignaient déjà leurs morts.

De ce point de vue l'optique changeait. Les hôtels cessaient d'être les loges d'un théâtre étrange et devenaient bel et bien des demeures éteintes exprès, barricadées sur le passage de l'ennemi.

Car la neige enlevait à la cité son allure de place libre ouverte aux jongleurs, bateleurs, bourreaux

9

et marchands. Elle lui assignait un sens spécial, un emploi défini de champ de bataille.

Dès quatre heures dix l'affaire était engagée de telle sorte qu'il devenait hasardeux de dépasser le porche. Sous ce porche se massaient les réserves, grossies de nouveaux combattants qui arrivaient seuls ou deux par deux.

— As-tu vu Dargelos ?

— Oui... non, je ne sais pas.

La réponse était faite par un élève qui, aidé d'un autre, soutenait un des premiers blessés et le ramenait de la cité sous le porche. Le blessé, un mouchoir autour du genou, sautait à cloche-pied en s'accrochant aux épaules.

Le questionneur avait une figure pâle, des yeux tristes. Ce devaient être des yeux d'infirme ; il claudiquait et la pèlerine qui lui tombait à mi-jambe paraissait cacher une bosse, une protubérance, quelque extraordinaire déformation. Soudain, il rejeta en arrière les pans de sa pèlerine, s'approcha d'un angle où s'entassaient les sacs des élèves, et l'on vit que sa démarche, cette hanche malade étaient simulées par une façon de porter sa lourde serviette de cuir. Il abandonna la serviette et cessa d'être infirme, mais ses yeux restèrent pareils.

Il se dirigea vers la bataille.

À droite, sur le trottoir qui touchait la voûte, on interrogeait un prisonnier. Le bec de gaz éclairait la scène par saccades. Le prisonnier (un petit) était maintenu par quatre élèves, son buste appuyé contre le mur. Un grand, accroupi entre ses jambes, lui tirait les oreilles et l'obligeait à regarder d'atroces grimaces. Le silence de ce visage monstrueux qui changeait de forme terrifiait la victime. Elle pleurait et cherchait à fermer les yeux, à baisser la tête. À chaque tentative, le faiseur de grimaces empoignait de la neige grise et lui frictionnait les oreilles.

L'élève pâle contourna le groupe et se fraya une route à travers les projectiles.

Il cherchait Dargelos. Il l'aimait.

Cet amour le ravageait d'autant plus qu'il précédait la connaissance de l'amour. C'était un mal vague, intense, contre lequel il n'existe aucun remède, un désir chaste sans sexe et sans but.

Dargelos était le coq du collège. Il goûtait ceux qui le bravaient ou le secondaient. Or, chaque fois que l'élève pâle se trouvait en face des cheveux tordus, des genoux blessés, de la veste aux poches intrigantes, il perdait la tête.

La bataille lui donnait du courage. Il courrait, il rejoindrait Dargelos, il se battrait, le défendrait, lui prouverait de quoi il était capable.

La neige volait, s'écrasait sur les pèlerines, étoilait les murs. De place en place, entre deux nuits, on voyait le détail d'une figure rouge à la bouche ouverte, une main qui désigne un but.

Une main désigne l'élève pâle qui titube et qui va encore appeler. Il vient de reconnaître, debout sur un perron, un des acolytes de son idole. C'est cet acolyte qui le condamne. Il ouvre la bouche : « Darg... » ; aussitôt la boule de neige lui frappe la bouche, y pénètre, paralyse les dents. Il a juste le temps d'apercevoir un rire et, à côté du rire, au milieu de son état-major, Dargelos qui se dresse, les joues en feu, la chevelure en désordre, avec un geste immense.

Un coup le frappe en pleine poitrine. Un coup sombre. Un coup de poing de marbre. Un coup de poing de statue. Sa tête se vide. Il devine Dargelos

11

sur une espèce d'estrade, le bras retombé, stupide, dans un éclairage surnaturel.

Il gisait par terre. Un flot de sang échappé de la bouche barbouillait son menton et son cou, imbibait la neige. Des sifflets retentirent. En une minute la cité se vida. Seuls quelques curieux se pressaient autour du corps et, sans porter aucune aide, regardaient avidement la bouche rouge. Certains s'éloignaient, craintifs, en faisant claquer leurs doigts ; ils avançaient une lippe, levaient les sourcils et hochaient la tête ; d'autres rejoignaient leurs sacs d'une glissade. Le groupe de Dargelos restait sur les marches du perron, immobile. Enfin le censeur et le concierge du collège apparurent, prévenus par l'élève que la victime avait appelé Gérard en entrant dans la bataille. Il les précédait. Les deux hommes soulevèrent le malade ; le censeur se tourna du côté de l'ombre :
— C'est vous, Dargelos ?
— Oui, monsieur.
— Suivez-moi.
Et la troupe se mit en marche.

Les privilèges de la beauté sont immenses. Elle agit même sur ceux qui ne la constatent pas.
Les maîtres aimaient Dargelos. Le censeur était extrêmement ennuyé de cette histoire incompréhensible.
On transporta l'élève dans la loge du concierge où la concierge qui était une brave femme le lava et tenta de le faire revenir à lui.

Dargelos était debout dans la porte. Derrière la porte se pressaient des têtes curieuses. Gérard pleurait et tenait la main de son ami.

12

— Racontez, Dargelos, dit le censeur.

— Il n'y a rien à raconter, m'sieur. On lançait des boules de neige. Je lui en ai jeté une. Elle devait être très dure. Il l'a reçue en pleine poitrine, il a fait « ho ! » et il est tombé comme ça. J'ai d'abord cru qu'il saignait du nez à cause d'une autre boule de neige.

— Une boule de neige ne défonce pas la poitrine.

— Monsieur, monsieur, dit alors l'élève qui répondait au nom de Gérard, il avait entouré une pierre avec de la neige.

— Est-ce exact ? questionna le censeur.

Dargelos haussa les épaules.

— Vous ne répondez pas ?

— C'est inutile. Tenez, il ouvre les yeux, demandez-lui...

Le malade se ranimait. Il appuyait la tête contre la manche de son camarade.

— Comment vous sentez-vous ?

— Pardonnez-moi...

— Ne vous excusez pas, vous êtes malade, vous vous êtes évanoui.

— Je me rappelle.

— Pouvez-vous me dire à la suite de quoi vous vous êtes évanoui ?

— J'avais reçu une boule de neige dans la poitrine.

— On ne se trouve pas mal en recevant une boule de neige !

— Je n'ai rien reçu d'autre.

— Votre camarade prétend que cette boule de neige cachait une pierre.

Le malade vit que Dargelos haussait les épaules.

— Gérard est fou, dit-il. Tu es fou. Cette boule

de neige était une boule de neige. Je courais, j'ai dû avoir une congestion.

Le censeur respira.

Dargelos allait sortir. Il se ravisa et on pensa qu'il marchait vers le malade. Arrivé en face du comptoir où les concierges vendent des porte-plume, de l'encre, des sucreries, il hésita, tira des sous de sa poche, les posa sur le rebord et prit en échange un de ces rouleaux de réglisse qui ressemblent à des lacets de bottine et que sucent les collégiens. Ensuite il traversa la loge, porta la main à sa tempe dans une sorte de salut militaire et disparut.

Le censeur voulait accompagner le malade. Il avait déjà fait chercher une voiture qui les attendait lorsque Gérard prétendit que c'était inutile, que la présence du censeur inquiéterait beaucoup la famille et qu'il se chargeait, lui, de ramener le malade à la maison.

— Du reste, ajouta-t-il, regardez, Paul reprend des forces.

Le censeur ne tenait pas outre mesure à cette promenade. Il neigeait. L'élève habitait rue Montmartre.

Il surveilla la mise en voiture et comme il vit que le jeune Gérard enveloppait son condisciple avec son propre cache-nez de laine et sa pèlerine, il estima que ses responsabilités étaient à couvert.

2

La voiture roulait lentement sur le sol glacé. Gérard regardait la pauvre tête cahotée de gauche et de droite à l'angle du véhicule. Il la voyait par en dessous, éclairant le coin de sa pâleur. Il devinait mal les yeux clos et ne distinguait que l'ombre des narines et des lèvres autour desquelles restaient prises de petites croûtes de sang. Il murmura : « Paul... » Paul entendait, mais une incroyable lassitude l'empêchait de répondre. Il glissa la main hors de l'entassement des pèlerines et la posa sur la main de Gérard.

En face d'un danger de cet ordre, l'enfance se partage entre deux extrêmes. Ne soupçonnant pas la profondeur où s'ancre la vie et ses puissantes ressources, elle imagine tout de suite le pire ; mais ce pire ne lui semble guère réel à cause de l'impossibilité où elle se trouve d'envisager la mort.

Gérard se répétait : « Paul meurt, Paul va mourir » ; il n'y croyait pas. Cette mort de Paul lui semblait la suite naturelle d'un songe, un voyage sur la neige et qui durerait toujours. Car, s'il aimait Paul comme Paul aimait Dargelos, le pres-

tige de Paul aux yeux de Gérard était sa faiblesse.
Puisque Paul tenait son regard fixé sur le feu d'un
Dargelos, Gérard, fort et juste, le surveillerait,
l'épierait, le protégerait, empêcherait qu'il ne s'y
brûlât. Avait-il été assez stupide sous le porche !
Paul cherchait Dargelos, Gérard avait voulu
l'étonner par son indifférence et le même senti-
ment qui poussait Paul vers la bataille l'avait
détourné de le suivre. Il l'avait vu de loin tomber,
taché de rouge, dans une de ces poses qui tiennent
les badauds à distance. Craignant, s'il approchait,
que Dargelos et son groupe ne l'empêchassent de
prévenir, il s'était précipité chercher du secours.

Maintenant, il retrouvait le rythme de l'habitude, il veillait Paul ; c'était son poste. Il l'empor-
tait. Tout ce rêve le haussait dans une zone
d'extase. Le silence de la voiture, les réverbères, sa
mission composaient un charme. Il semblait que
la faiblesse de son ami se pétrifiait, prenait une
grandeur définitive et que sa propre force trouvait
enfin un emploi digne d'elle.

Brusquement il pensa qu'il venait d'accuser
Dargelos, que la rancune lui avait dicté sa phrase,
lui avait fait commettre une injustice. Il revit la
loge du concierge, le garçon méprisant qui haussait les épaules, l'œil bleu de Paul, œil de reproche,
son effort surhumain pour dire : « Tu es fou ! » et
pour disculper le coupable. Il écarta ce fait qui le
gênait. Il avait des excuses. Entre les mains de fer
de Dargelos une boule de neige pouvait devenir un
bloc plus criminel que son canif aux neuf lames.
Paul oublierait la chose. Surtout il fallait, coûte
que coûte, revenir à cette réalité de l'enfance,
réalité grave, héroïque, mystérieuse, que d'hum-
bles détails alimentent et dont l'interrogatoire des
grandes personnes dérange brutalement la féerie.

La voiture continuait en plein ciel. On croisait des astres. Leurs éclairs imprégnaient les vitres dépolies, fouettées de courtes rafales.

Soudain, deux notes plaintives se firent entendre. Elles devinrent déchirantes, humaines, inhumaines, les vitres tremblèrent et le cyclone des pompiers passa. Par les zigzags dessinés dans le givre, Gérard aperçut la base des édifices qui se suivaient et hurlaient, les échelles rouges, les hommes à casque d'or nichés comme des allégories.

Le reflet rouge dansait sur le visage de Paul. Gérard crut qu'il s'animait. Après la dernière trombe, il redevint livide et c'est alors que Gérard remarqua que la main qu'il tenait était chaude et que cette chaleur rassurante lui permettait de jouer le jeu. Jeu est un terme fort inexact, mais c'est ainsi que Paul désignait la demi-conscience où les enfants se plongent ; il y était passé maître. Il dominait l'espace et le temps ; il amorçait des rêves, les combinait avec la réalité, savait vivre entre chien et loup, créant en classe un monde où Dargelos l'admirait et obéissait à ses ordres.

Joue-t-il le jeu ? se demande Gérard en serrant la main chaude, en regardant avidement la tête renversée.

Sans Paul, cette voiture eût été une voiture, cette neige de la neige, ces lanternes des lanternes, ce retour un retour. Il était trop rude pour s'être de lui-même fabriqué l'ivresse ; Paul le dominait et son influence avait à la longue transfiguré tout. Au lieu d'apprendre la grammaire, le calcul, l'histoire, la géographie, les sciences naturelles, il avait appris à dormir éveillé un sommeil qui vous met hors d'atteinte et redonne aux objets leur véritable

17

sens. Des drogues de l'Inde eussent moins agi sur ces enfants nerveux qu'une gomme ou qu'un porte-plume mâchés en cachette derrière leur pupitre.

Joue-t-il le jeu ?

Gérard ne s'illusionnait pas. Le jeu, joué par Paul, était bien autre chose. Des pompes qui passent ne pourraient l'en distraire.

Il essaya de reprendre le fil léger, mais il n'était plus temps ; on venait d'arriver. La voiture stoppait devant la porte.

Paul sortait de sa torpeur.

— Veux-tu qu'on t'aide ? demanda Gérard.

C'était inutile ; que Gérard le soutienne, il monterait. Gérard n'avait qu'à descendre d'abord le cartable.

Chargé du cartable et de Paul qu'il maintenait par la taille et qui s'accrochait du bras gauche plié autour de son cou, il gravit les marches. Il s'arrêta au premier étage. Une vieille banquette de peluche verte éventrée montrait son crin et ses ressorts. Gérard y déposa son fardeau précieux, s'approcha de la porte de droite et sonna. On entendit des pas, une halte, un silence. — « Élisabeth ! » Le silence continuait. « Élisabeth ! » chuchota Gérard avec force.

— Ouvrez ! C'est nous.

Une petite voix volontaire se fit entendre :

— Je n'ouvrirai pas ! Vous me dégoûtez ! J'en ai assez des garçons. Vous n'êtes pas fous de revenir à des heures pareilles !

— Lisbeth, insista Gérard, ouvrez, ouvrez vite. Paul est malade.

La porte s'entrouvrit après une pause. La voix continua par la fente :

— Malade ? C'est un truc pour que j'ouvre. C'est vrai ce mensonge-là ?

— Paul est malade, dépêchez-vous, il grelotte sur la banquette.

La porte s'ouvrit toute grande. Une jeune fille de seize ans parut. Elle ressemblait à Paul ; elle avait les mêmes yeux bleus ombrés de cils noirs, les mêmes joues pâles. Deux ans de plus accusaient certaines lignes, et, sous sa chevelure courte, bouclée, la figure de la sœur cessant d'être une ébauche, rendait celle du frère un peu molle, s'organisait, se hâtait en désordre vers la beauté.

Du vestibule obscur on vit d'abord surgir cette blancheur d'Élisabeth et la tache d'un tablier de cuisine trop long pour elle.

La réalité de ce qu'elle croyait une fable l'empêcha de s'exclamer. Elle et Gérard soutinrent Paul qui trébuchait et laissait pendre sa tête. Dès le vestibule, Gérard voulut expliquer l'affaire.

— Espèce d'idiot, souffla Élisabeth, vous ne manquez jamais une gaffe. Vous ne pouvez pas parler sans crier. Vous voulez donc que maman entende ?

Ils traversèrent une salle à manger en contournant la table et entrèrent à droite dans la chambre des enfants. Cette chambre contenait deux lits minuscules, une commode, une cheminée et trois chaises. Entre les deux lits, une porte ouvrait sur un cabinet de toilette-cuisine où l'on penétrait aussi par le vestibule. Le premier coup d'œil sur la chambre surprenait. Sans les lits, on l'eût prise pour un débarras. Des boîtes, du linge, des serviettes-éponges jonchaient le sol. Une carpette montrait sa corde. Au milieu de la cheminée trônait un buste en plâtre sur lequel on avait ajouté à l'encre des yeux et des moustaches ; des punaises fixaient partout des pages de magazines, de journaux, de programmes, représentant des vedettes de films, des boxeurs, des assassins.

Élisabeth se frayait une route à grands coups de pied dans les boîtes. Elle jurait. Ils étendirent enfin le malade sur un lit encombré de livres. Gérard raconta la bataille.

— C'est trop fort, s'écria Élisabeth. Ces messieurs s'amusent avec des boules de neige pendant que je suis garde-malade, pendant que je soigne ma mère infirme. Ma mère infirme ! criait-elle, contente de ces mots qui lui donnaient de l'importance. — Je soigne ma mère infirme, et vous jouez aux boules de neige. C'est encore vous, je suis sûre, qui avez entraîné Paul, espèce d'idiot !

Gérard se taisait. Il connaissait le style passionnel du frère et de la sœur, leur vocabulaire de collégiens, leur tension jamais relâchée. Pourtant il restait timide et s'en affectait toujours un peu.

— Qui soignera Paul, c'est vous ou moi ? continuait-elle. Qu'est-ce que vous avez à rester là comme une bûche ?

— Ma petite Lisbeth...

— Je ne suis ni Lisbeth, ni votre petite, je vous prie d'être convenable. Du reste...

Une voix lointaine interrompit l'apostrophe :

— Gérard, mon vieux, disait Paul entre ses lèvres, n'écoute pas cette sale typesse... Elle nous embête.

Élisabeth bondit sous l'insulte :

— Typesse ! Eh bien, mes types, débrouillez-vous. Soigne-toi tout seul. C'est le comble ! Un idiot qui ne supporte pas les boules de neige, et je suis assez absurde pour me faire de la bile !

« Tenez, Gérard, dit-elle sans transition, regardez. »

D'un élan brusque elle envoya sa jambe droite en l'air, plus haut que sa tête.

— Voilà deux semaines que je travaille.

Elle recommença l'exercice.

— Et maintenant sortez ! Filez !

Elle montrait la porte.

Gérard hésitait sur le seuil.

— Peut-être... bredouilla-t-il, faudrait-il chercher un médecin.

Élisabeth jeta sa jambe.

— Un médecin ? J'attendais votre conseil. Vous êtes d'une rare intelligence. Sachez que le médecin visite maman à sept heures et que je lui montrerai Paul. Allons, ouste ! conclut-elle ; et comme Gérard ne savait quelle contenance prendre :

— Seriez-vous médecin, par hasard ? Non ? Alors partez ! Partirez-vous ?

Elle tapait du pied et son œil envoyait un éclair dur. Il battit en retraite.

Comme il sortait à reculons et que la salle à manger était sombre, il renversa une chaise.

— Idiot ! Idiot ! répétait la petite fille. Ne la ramassez pas, vous en renverseriez une autre. Filez vite ! et surtout ne claquez pas la porte.

Sur le palier, Gérard pensa qu'une voiture l'attendait et qu'il n'avait pas dix sous dans sa poche. Il n'osait plus sonner. Élisabeth n'ouvrirait pas ou bien elle croirait ouvrir au docteur et l'accablerait de sarcasmes.

Il habitait rue Laffitte, chez un oncle qui l'élevait. Il décida de s'y faire conduire, d'expliquer les circonstances et d'obtenir de son oncle le paiement de la course.

Il roulait, enfoncé dans le coin où tout à l'heure s'appuyait son ami. Exprès, il laissait sa tête baller en arrière aux cahots de la course. Il n'essayait pas de jouer le jeu ; il souffrait. Il venait, après une étape fabuleuse, de retrouver l'atmosphère déconcertante de Paul et d'Élisabeth. Élisabeth l'avait réveillé, l'avait fait se souvenir que la faiblesse de son frère se compliquait de caprices cruels. Paul vaincu par Dargelos, Paul victime de Dargelos, n'était pas le Paul dont Gérard était l'esclave. Gérard avait un peu agi dans la voiture comme un fou abuse d'une morte et, sans se représenter la chose avec cette crudité, il se rendait compte qu'il devait la douceur de ces minutes à une combinaison de neige et de syncope, à une manière de quiproquo. Faire de Paul un personnage actif dans cette promenade, c'était attribuer au retour du sang le reflet fugace des pompes.

Certes, il connaissait Élisabeth, le culte qu'elle vouait à son frère et l'amitié qu'il pouvait en attendre. Élisabeth et Paul l'aimaient beaucoup, il savait leur tempête d'amour, les foudres qu'échangeaient leurs regards, le choc de leurs caprices, leurs langues méchantes. Au calme, la tête renversée, ballottée, le cou froid, il remettait les choses en place. Mais si cette sagesse lui montrait derrière les paroles d'Élisabeth un cœur brûlant et tendre, elle le ramenait à la syncope, à la vérité de cette syncope, à une syncope pour grandes personnes et aux suites qu'elle risquait d'avoir.

Rue Laffitte, il pria le chauffeur d'attendre une minute. Le chauffeur grognait. Il monta quatre à quatre, trouva son oncle et convainquit le brave homme.

En bas, la rue vide n'étalait que sa neige. Le chauffeur, de guerre lasse, avait sans doute accepté de charger un piéton persuasif qui lui offrait la course inscrite. Gérard empocha la somme. — Je ne dirai rien, pensa-t-il. J'achèterai quelque chose pour Élisabeth et cela servira de prétexte à prendre des nouvelles.

Rue Montmartre, après la fuite de Gérard, Élisabeth entra dans la chambre de sa mère ; cette chambre formait, avec un pauvre salon, le côté gauche de l'appartement. La malade sommeillait. Depuis quatre mois qu'une attaque l'avait paralysée en pleine force, cette femme de trente-cinq ans paraissait une vieille et souhaitait mourir. Son mari l'avait ensorcelée, cajolée, ruinée, abandonnée. Pendant trois ans il fit de courtes apparitions au domicile conjugal. Il y jouait des scènes hideuses. Une cirrhose du foie l'y ramenait. Il exigeait qu'on le soignât. Il menaçait de se tuer, brandissait un revolver. Après la crise, il rejoignait sa maîtresse qui le chassait aux approches du mal. Une fois il vint, trépigna, se coucha et, incapable de repartir, mourut chez l'épouse avec laquelle il refusait de vivre.

Une révolte fit de cette femme éteinte une mère qui abandonnait ses enfants, se fardait, changeait de bonne chaque semaine, dansait, et cherchait de l'argent n'importe où.

Élisabeth et Paul tenaient d'elle leur masque pâle. De leur père ils avaient hérité le désordre, l'élégance, les caprices furieux.

Pourquoi vivre ? songeait-elle ; le médecin, un vieil ami du ménage, ne laisserait jamais les enfants se perdre. Une femme impotente exténuait la petite et toute la maison.

— Tu dors, maman ?

— Non, je somnole.

— Paul a une entorse ; je l'ai couché ; je le montrerai au docteur.

— Il souffre ?

— Il souffre s'il marche. Il t'embrasse. Il découpe des journaux.

L'infirme soupira. De longue date elle se reposait sur sa fille. Elle avait l'égoïsme de la souffrance. Elle ne tenait pas à en apprendre trop long.

— Et la bonne ?

— C'est pareil.

Élisabeth regagna sa chambre. Paul s'était tourné vers le mur.

Elle se pencha sur lui :

— Tu dors ?

— Fiche-moi la paix.

— Très aimable. Tu es parti (dans le dialecte fraternel, *être parti* signifiait l'état provoqué par le jeu ; on disait : *je vais partir, je pars, je suis parti*. Déranger le joueur parti constituait une faute sans excuse). — Tu es parti et moi je trime. Tu es un sale type. Un type infect. Donne tes pieds que je te déchausse. Tu as les pieds gelés. Attends que je te fasse une boule.

Elle posa les souliers boueux près du buste et disparut dans la cuisine. On l'entendit qui allumait le gaz. Ensuite, elle revint et se mit en demeure de déshabiller Paul. Il grognait mais s'abandonnait. Lorsque son aide devenait indispensable, Élisabeth disait : « Lève ta tête, ou lève ta jambe » et « Si tu fais le mort je ne peux pas tirer cette manche. »

Au fur et à mesure elle vidait ses poches. Elle jeta par terre un mouchoir taché d'encre, des amorces, des losanges de jujube collés ensemble avec des flocons laineux. Puis elle ouvrit un tiroir de la commode et y déposa le reste : une petite

24

main en ivoire, une bille d'agate, un protège-pointe de stylo.

C'était le trésor. Trésor impossible à décrire, les objets du tiroir ayant tellement dérivé de leur emploi, s'étant chargés de tels symboles, qu'il n'offrait au profane que le spectacle d'un bric-à-brac de clefs anglaises, de tubes d'aspirine, de bagues d'aluminium et de bigoudis.

La boule était chaude. Elle écarta les couvertures en maugréant, déplia une chemise longue et retourna la chemise de jour comme on dépiaute un lapin. Le corps de Paul arrêtait chaque fois ses brusqueries. Les larmes lui montaient en face d'une grâce pareille. Elle l'enveloppa, le borda et termina ses soins par un « Dors, imbécile ! » accompagné d'un geste d'adieu. Puis, l'œil fixe, les sourcils froncés, la langue un peu tirée entre les lèvres, elle exécuta quelques exercices.

Un coup de sonnette vint la surprendre. La sonnette s'entendait mal ; on l'avait entourée de linges. C'était le médecin. Élisabeth l'entraîna par sa pelisse jusqu'au lit de son frère et le renseigna.

— Laisse-nous, Lise. Apporte-moi le thermomètre et va m'attendre au salon. Je veux l'ausculter et je n'aime pas qu'on bouge ni qu'on me regarde.

Élisabeth traversa la salle à manger et entra dans le salon. La neige y continuait ses prodiges. Debout derrière un fauteuil, l'enfant regardait cette pièce inconnue que la neige suspendait en l'air. La réverbération du trottoir d'en face projetait au plafond plusieurs fenêtres d'ombre et de pénombre, une guipure de lumière sur les arabesques de laquelle les silhouettes des passants, plus petites que nature, circulaient.

Cette méprise d'une pièce suspendue dans le

vide était augmentée par la glace qui vivait un peu et qui figurait un spectre immobile entre la corniche et le sol. De temps en temps une automobile balayait le tout d'un large rayon noir.

Élisabeth essaya de jouer au jeu. C'était impossible. Son cœur battait. Pour elle comme pour Gérard la suite de la bataille des boules de neige cessait d'appartenir à leur légende. Le médecin la restituait dans un monde sévère où la crainte existe, où les personnes ont la fièvre et attrapent la mort. Une seconde elle entrevit sa mère paralytique, son frère mourant, la soupe apportée par une voisine, la viande froide, les bananes, les biscuits secs qu'elle mangeait à n'importe quelle heure, la maison sans bonne, sans amour.

Il leur arrivait à Paul et à elle de se nourrir de sucres d'orge qu'ils dévoraient chacun dans son lit en échangeant des insultes et des livres ; car ils ne lisaient que quelques livres, toujours les mêmes, s'en gavant jusqu'à l'écœurement. Cet écœurement participait d'un cérémonial qui débutait par une minutieuse visite des lits dont il fallait chasser miettes et pliures, continuait par d'horribles mélanges et finissait par le jeu auquel, paraît-il, l'écœurement donnait un meilleur essor.

— Lise !

Élisabeth était déjà loin de la tristesse. L'appel du médecin la bouleversait. Elle ouvrit la porte.

— Voilà, dit-il ; pas la peine de te mettre à l'envers. Ce n'est pas grave. Ce n'est pas grave mais c'est sérieux. Il avait la poitrine faible. Il suffisait d'une pichenette. Il n'est plus question qu'il retourne en classe. Repos, repos et repos. Je t'approuve d'avoir parlé d'entorse. Inutile de troubler ta mère. Tu es une grande fille ; je compte sur toi. Appelle la bonne.

— Il n'y a plus de bonne.

— Parfait. J'enverrai dès demain deux gardes qui se relayeront et qui s'occuperont du ménage. Elles achèteront le nécessaire et tu surveilleras l'équipe.

Élisabeth ne remerciait pas. Accoutumée à vivre de miracles, elle les acceptait sans surprise. Elle les attendait et ils se produisaient toujours.

Le docteur visita sa malade et partit.

Paul dormait. Élisabeth écouta son souffle et le contempla. Une passion violente la poussait aux grimaces, aux caresses. On ne taquine pas un malade qui dort. On l'inspecte. On découvre des taches mauves sous ses paupières, on remarque la lèvre supérieure qui gonfle et avance sur la lèvre inférieure, on colle son oreille contre le bras naïf. Quel tumulte l'oreille entend ! Élisabeth bouche son oreille gauche. Sa propre rumeur s'ajoute à celle de Paul. Elle s'angoisse. On dirait que le tumulte augmente. S'il augmente davantage, c'est la mort.

— Mon chéri !

Elle le réveille.

— Hein ! Quoi ?

Il s'étire. Il voit une figure hagarde.

— Qu'est-ce que tu as, tu deviens folle ?

— Moi !

— Oui, toi. Quelle raseuse ! Tu ne veux pas laisser les autres dormir ?

— Les autres ! Je pourrais dormir aussi, mais moi je veille, moi je te donne à manger, moi j'écoute ton bruit.

— Quel bruit ?

— Un sacré bruit.

— Idiote !

— Et je voulais t'annoncer une grosse nouvelle. Puisque je suis une idiote, je ne te l'annoncerai pas.

La grosse nouvelle alléchait Paul. Il évita une ruse trop voyante.

— Tu peux la garder, ta nouvelle, dit-il. Je m'en fiche pas mal.

Élisabeth se déshabilla. Aucune gêne n'existait entre la sœur et le frère. Cette chambre était une carapace où ils vivaient, se lavaient, s'habillaient, comme deux membres d'un même corps.

Elle déposa du bœuf froid, des bananes, du lait sur une chaise près du malade, transporta des gâteaux secs et de la grenadine auprès du lit vide et s'y coucha.

Elle mâchait et lisait en silence, lorsque Paul, dévoré de curiosité, lui demanda ce qu'avait dit le docteur. Peu lui importait le diagnostic. Il voulait la grosse nouvelle. Or la nouvelle ne pouvait venir que de là.

Sans quitter des yeux son livre et sans cesser de mastiquer, Élisabeth, que la question dérangeait et qui craignait les conséquences d'un refus, lança d'une voix indifférente :

— Il a dit que tu ne retournerais plus en boîte.

Paul ferma les yeux. Un atroce malaise lui montra Dargelos, un Dargelos qui continuait à vivre ailleurs, un avenir où Dargelos ne tenait aucune place. Le malaise devenait tel qu'il appela :

— Lise !

— Hé ?

— Lise, je ne me sens pas bien.

— Allons, bon !

Elle se leva, boitant, une jambe gourde.

— Qu'est-ce que tu veux ?

— Je veux... je veux que tu restes près de moi, près de mon lit.

Ses larmes coulèrent. Il pleurait comme les très jeunes enfants, avec une lippe, barbouillé d'eau lourde et de morve.

Élisabeth tira son lit devant la porte de la cuisine. Il touchait presque le lit de son frère, séparé du sien par une chaise. Elle se recoucha et caressa la main du malheureux.

— Là, là... disait-elle. En voilà un idiot. On lui annonce qu'il n'ira plus en classe et il pleure. Pense que nous allons vivre enfermés dans notre chambre. Il y aura des gardes blanches, le docteur l'a promis, et je ne sortirai que pour les bonbons et le cabinet de lecture.

Les larmes dessinaient des traces humides sur la pauvre face pâle et certaines, tombant du bout des cils, tambourinaient sur le traversin.

Devant ce désastre qui l'intriguait, Lise mordait sa bouche.

— Tu as la frousse ? demanda-t-elle.

Paul agita la tête de droite et de gauche.

— Tu aimes le travail ?

— Non.

— Alors quoi ? Zut !... Écoute ! (Elle lui secouait le bras.) Veux-tu, on va jouer au jeu ? Mouche-toi. Regarde. Je t'hypnotise.

Elle s'approchait, ouvrait des yeux énormes.

Paul pleurait, sanglotait. Élisabeth sentait la fatigue. elle voulait jouer le jeu ; elle voulait le consoler, l'hypnotiser ; elle voulait comprendre. Mais le sommeil balayait ses efforts avec de larges rayons noirs qui tournaient comme ceux des automobiles sur la neige.

3

Le lendemain, les services s'organisèrent. À cinq heures et demie une garde en blouse blanche ouvrit la porte à Gérard qui apportait des violettes de Parme artificielles dans un carton. Élisabeth fut séduite.

— Allez voir Paul, dit-elle sans malice. Moi, je surveille la piqûre de maman.

Paul, lavé, coiffé, avait presque bonne mine. Il demanda des nouvelles de Condorcet. Les nouvelles étaient renversantes.

Le matin, Dargelos avait été appelé chez le proviseur. Le proviseur voulut reprendre l'interrogatoire du censeur.

Dargelos, exaspéré, répondit quelque chose comme « Ça va, ça va ! » d'une façon si insolente que le proviseur, soulevé de son fauteuil, le menaça du poing par-dessus la table. Alors, Dargelos tira de sa veste un cornet de poivre et lui en jeta le contenu en pleine figure.

Le résultat fut si terrible, si prodigieusement immédiat, que Dargelos, épouvanté, grimpa debout sur une chaise par un réflexe de défense contre on ne sait quelle écluse qui s'ouvre, quelle brutale inondation. De ce poste élevé, il regardait le spectacle d'un vieil homme aveugle, arrachant son col, se roulant sur une table, mugissant et présentant tous les symptômes du délire. Le tableau de ce délire et de Dargelos, perché, stupide comme la veille lorsqu'il avait lancé la boule de neige, cloua sur le seuil le censeur qui accourait, attiré par les plaintes.

La peine de mort n'existant pas dans les écoles, on renvoya Dargelos et on transporta le proviseur à l'infirmerie. Dargelos traversa le péristyle la tête droite, la bouche gonflée, sans tendre la main à personne.

On imagine l'émotion du malade auquel son ami raconte ce scandale. Puisque Gérard ne laisse percer aucun triomphe, il n'affichera pas sa peine. Pourtant, c'est plus fort que sa force, il demande :

— Tu connais son adresse ?

— Mon vieux, non ; un type pareil ne donne jamais d'adresse.

— Pauvre Dargelos ! Voilà donc tout ce qui nous reste de lui. Amène les photos.

Gérard en cherche deux, derrière le buste. L'une représente la classe. Les élèves s'étagent par rang de taille. À gauche du maître, Paul et Dargelos se tiennent accroupis par terre. Dargelos croise les bras. Comme un joueur de football il exhibe avec orgueil ses jambes robustes, un des attributs de son règne.

L'autre épreuve le montre en costume d'Athalie. Les élèves avaient monté *Athalie* pour une fête de Saint-Charlemagne. Dargelos avait voulu tenir le rôle qui servait de titre à la pièce. Sous ses voiles, ses oripeaux, il paraît un jeune tigre et ressemble aux grandes tragédiennes de 1889.

Tandis que Paul et Gérard rappelaient des souvenirs, Élisabeth entra.

— On le met ? dit Paul en agitant la seconde photographie.

— On met quoi ? Où ?

— Dans le trésor ?

— Qu'est-ce qu'on met dans le trésor ?

L'enfant reprenait un visage ombrageux. Elle vénérait le trésor. Verser un nouvel objet au trésor n'était point une baliverne. Elle exigeait qu'on la consultât.

— On te consulte, reprit son frère, c'est la photo du type qui m'a lancé la boule de neige.

— Montre.

Elle inspecta longuement l'épreuve et ne répondit rien.

Paul ajouta :

— Il m'a lancé la boule de neige, il a lancé du poivre au proviseur, on l'a chassé de la boîte.

Élisabeth étudiait, songeait, marchait de long en large, se rongeait l'ongle du pouce. Enfin, elle entrouvrit le tiroir, glissa le portrait par la fente, le referma.

— Il a une sale tête, dit-elle. Girafe, ne fatiguez pas Paul (c'était le surnom amical de Gérard) ; je retourne chez maman. Je surveille les gardes-malades. C'est très difficile, vous savez. Elles veulent prendre de l'initiative. Je ne peux pas les laisser seules une minute.

Et mi-sérieuse, mi-moqueuse, elle quitta la chambre en passant sa main sur ses cheveux d'un geste théâtral et en feignant de mouvoir une lourde traîne.

4

Grâce au médecin l'existence prit un rythme plus normal. Cette espèce de confort n'influençait guère les enfants, car ils avaient le leur et il n'était pas de ce monde. Seul Dargelos pouvait attirer Paul au collège. Dargelos renvoyé, Condorcet devenait une prison.

Au reste, le prestige de Dargelos commençait à changer de registre. Non qu'il diminuât. Au contraire, l'élève grandissait, décollait, montait au ciel de la chambre. Ses yeux battus, sa boucle, sa bouche épaisse, ses mains larges, ses genoux couronnés, prenaient peu à peu figure de constellation. Ils se mouvaient, tournaient, séparés par le vide. Bref, Dargelos était allé rejoindre sa photographie dans le trésor. Modèle et photographie s'identifiaient. Le modèle devenait inutile. Une forme abstraite idéalisait le bel animal, enrichissant les accessoires de la zone magique, et Paul, délivré, jouissait voluptueusement d'une maladie qui ne lui représentait plus que des vacances.

Les conseils des gardes n'avaient pas triomphé du désordre de la chambre. Il s'aggravait et formait des rues. Ces perspectives de caisses, ces lacs de papiers, ces montagnes de linge, étaient la ville du malade et son décor. Élisabeth se délectait de détruire des points de vue essentiels, d'écrouler des montagnes sous prétexte de blanchisseuse et d'alimenter à pleines mains cette température d'orage sans laquelle ni l'un ni l'autre n'eussent pu vivre.

Gérard venait chaque jour, accueilli par des bordées de gros mots. Il souriait, courbait la tête. Une douce habitude l'immunisait contre de telles réceptions. Elles ne l'impressionnaient plus et même il en savourait la caresse. En face de son sang-froid, les enfants éclataient de rire, feignant alors de le trouver ridicule, « héroïque » et de pouffer entre eux de choses qui le concernaient et dont ils faisaient mystère.

Gérard connaissait le programme. Invulnérable, il patientait, inspectait la chambre, cherchait les vestiges de quelque récent caprice sur lequel, déjà, personne n'ouvrait plus la bouche. Par exemple, il lut un jour, tracé au savon en grosses lettres sur la glace : *Le suicide est un péché mortel.*

Cette devise bruyante et qui subsista devait jouer sur la glace le rôle des moustaches sur le buste. Elle paraissait aussi invisible aux enfants que s'ils l'eussent écrite avec de l'eau. Elle témoignait du lyrisme d'épisodes rares auxquels personne n'assistait.

Une phrase maladroite déviant les armes, Paul apostrophait sa sœur. Le couple abandonnait alors un gibier trop facile et profitait de la vitesse acquise.

— Ah ! soupirait Paul, quand j'aurai ma chambre...

— Et moi la mienne.

— Elle sera propre ta chambre !

— Plus propre que la tienne !

— Écoutez, Girafe, il veut un lustre...

— Tais-toi !

— Girafe, il aura un sphinx en plâtre devant la cheminée et il veut peindre un lustre Louis-XIV au ripolin.

Elle pouffait.

— C'est vrai, j'aurai un sphinx et un lustre. Tu es trop nulle pour comprendre.

— Et moi, je refuse de rester ici. J'habiterai l'hôtel. J'ai une valise prête. J'irai à l'hôtel. Qu'il se soigne tout seul ! Je refuse de rester ici. J'ai ma valise. Je refuse de vivre avec ce malotru.

Chacune de ces scènes se terminait par la langue tirée d'Élisabeth, son départ, le saccage à coups de pantoufle des architectures du désordre. Paul crachait dans sa direction, elle claquait la porte et d'autres portes qui claquent se faisaient entendre.

Paul subissait, parfois, de petites crises de somnambulisme. Ces crises, très courtes, passionnaient Élisabeth et ne l'effrayaient pas. Elles pouvaient seules obliger le maniaque à sortir du lit.

Dès qu'Élisabeth voyait une longue jambe paraître et se mouvoir d'une certaine manière, elle ne respirait plus, attentive au manège de la statue vivante qui rôdait adroitement, se recouchait et se réinstallait.

La mort subite de leur mère mit une halte aux tempêtes. Ils l'aimaient, et s'ils la brusquaient, c'est qu'ils la supposaient immortelle. La chose

37

s'aggrava du fait qu'ils se crurent responsables, car elle était morte sans qu'ils le remarquassent un soir où Paul, levé pour la première fois, et sa sœur se disputaient dans sa chambre.

La garde était à la cuisine. La dispute dégénérait en bataille et la petite, les joues en feu, cherchait un refuge près du fauteuil de l'infirme, lorsqu'elle se trouva tragiquement en face d'une grande femme inconnue qui l'observait, les yeux et la bouche larges ouverts.

Les bras raides du cadavre, ses doigts noués au fauteuil lui conservaient intacte une de ces attitudes que la mort improvise et qui n'appartiennent qu'à elle. Le docteur prévoyait cette secousse. Les enfants, seuls, incapables d'agir, regardaient, livides, ce cri pétrifié, cette substitution d'un mannequin à une personne vivante, ce Voltaire furieux qu'ils ne connaissaient pas.

De cette vision, ils devaient conserver une longue empreinte. Après les cérémonies du deuil, les larmes, l'ahurissement, la rechute de Paul, les bonnes paroles du médecin et de l'oncle de Gérard qui pourvurent au ménage par l'entremise d'une garde, les enfants se retrouvèrent nez à nez.

Loin de rendre pénible la mémoire de leur mère, les circonstances fabuleuses de sa mort la servirent beaucoup. La foudre qui l'avait atteinte laissait d'elle une image macabre, sans le moindre rapport avec la mère qu'ils regrettaient. En outre, chez des êtres si purs, si sauvages, une absente, pleurée par l'habitude, risque de perdre vite sa place. Ils ignorent les convenances. L'instinct animal les pousse et l'on constate le cynisme filial des animaux. Mais la chambre exigeait de l'inouï.

L'inouï de cette mort protégeait la morte comme un sarcophage barbare et allait lui donner par surprise, de même que l'enfance conserve le souvenir d'un événement grave à cause d'un détail saugrenu, la place d'honneur au ciel des songes.

5

La rechute de Paul fut longue et le mit en péril. La garde Mariette prenait à cœur sa tâche. Le médecin s'était fâché. Il voulait du calme, de la détente, de la suralimentation. Il passait donner ses ordres, les sommes nécessaires, et revenait pour être sûr que ses ordres étaient exécutés.

Élisabeth, d'abord farouche, agressive, s'était en fin de compte laissé vaincre par la grosse figure rose de Mariette, ses boucles grises et son dévoue-ment. Dévouement à toute épreuve. Amoureuse d'un petit-fils qui habitait en Bretagne, cette grand-mère, cette Bretonne inculte déchiffrait les hiéroglyphes de l'enfance.

Des juges intègres eussent trouvé compliqués Élisabeth et Paul, plaidé l'hérédité d'une tante folle, d'un père alcoolique. Compliqués, sans doute l'étaient-ils comme la rose, et de tels juges comme la complication. Mariette, simple comme la simplicité, devinait l'invisible. Elle évoluait à l'aise dans ce climat enfantin. Elle ne cherchait pas outre. Elle sentait que l'air de la chambre était plus léger que l'air. Le vice n'y aurait pas résisté davan-tage que certains microbes à l'altitude. Air pur,

41

alerte, où rien de lourd, de bas, de vil, ne pénétrait. Mariette admettait, protégeait, comme on admet le génie et comme on protège son travail. Or sa simplicité lui communiquait le génie compréhensif capable de respecter le génie créateur de la chambre. Car c'était bien un chef-d'œuvre que créaient ces enfants, un chef-d'œuvre qu'ils *étaient*, où l'intelligence ne tenait aucune place et qui tirait sa merveille d'être sans orgueil et sans but.

Est-il besoin de dire que le malade profitait de sa fatigue et manœuvrait sa fièvre ? Il se taisait, ne réagissait plus aux injures.

Élisabeth bouda, se calfeutra dans un mutisme dédaigneux. Ce mutisme l'ennuyant, elle passa de l'emploi de mégère à celui de nourrice. Elle se dépensait, prenait une voix douce, marchait sur ses pointes, maniait les portes avec mille précautions, traitait Paul comme un *minus habens*, un matricule, une pauvre loque qu'il fallait plaindre.

Elle deviendrait infirmière des hôpitaux. Mariette lui apprendrait. Elle s'enfermait des heures dans le salon d'angle avec le buste à moustaches, des chemises déchirées, de l'ouate hydrophile, de la gaze, des épingles anglaises. On retrouvait sur tous les meubles ce buste en plâtre aux yeux hagards, la tête enveloppée de pansements. Mariette mourait de peur chaque fois qu'elle entrait dans une pièce éteinte et l'apercevait dans l'ombre.

Le médecin félicitait Élisabeth, ne revenant pas d'une pareille métamorphose.

Et cela durait. Elle se butait, devenait son personnage. Car jamais, à aucune minute, nos jeunes héros ne prenaient conscience du spectacle qu'ils offraient à l'extérieur. Au reste, ils ne l'offraient pas, ne se souciaient point de l'offrir.

Cette chambre attractive, dévorante, ils la meublaient de songe en croyant la détester. Ils projetaient d'avoir des chambres particulières et ne pensaient même pas à employer la chambre vide. Pour être exact, Élisabeth y avait pensé une heure. Mais le souvenir de la morte, sublimé par la chambre mixte, l'effrayait encore beaucoup sur les lieux. Elle prétexta la surveillance du malade et resta.

La maladie de Paul se compliquait de croissance. Il se plaignait de crampes, immobile dans une savante guérite d'oreillers. Élisabeth n'écoutait pas, posait l'index sur ses lèvres et s'éloignait avec une démarche de jeune homme qui rentre la nuit et traverse le vestibule en chaussettes, ses chaussures à la main. Paul haussait les épaules et retournait au jeu.

En avril il se leva. Il ne tenait plus debout. Ses jambes neuves le portaient mal. Élisabeth, profondément vexée parce qu'il la dépassait d'une bonne demi-tête, se vengeait par une conduite de sainte. Elle le soutenait, l'asseyait, lui mettait des châles, le traitait en vieillard gâteux.

Paul parait instinctivement la botte. L'attitude nouvelle de sa sœur l'avait déconcerté tout d'abord. Maintenant il souhaitait la battre ; mais les règles du duel qu'ils menaient depuis sa naissance l'instruisirent sur l'attitude opportune. Au reste, cette attitude passive flattait sa paresse. Élisabeth bouillait sous cape. Cette fois encore, ils innovèrent une lutte, une lutte de sublime, et l'équilibre se trouva rétabli.

Gérard ne pouvait se passer d'Élisabeth qui prenait insensiblement dans son cœur la place de

43

Paul. Pour être juste, ce qu'il adorait en Paul, c'était la maison de la rue Montmartre, c'étaient Paul et Élisabeth. La force des choses portait l'éclairage de Paul sur Élisabeth qui, cessant d'être une fille, et devenant une jeune fille, glissait de l'âge où les garçons se moquent des filles à l'âge où les jeunes filles émeuvent les garçons.

Privé de visites par la consigne du médecin, il voulut se rattraper et convainquit son oncle d'emmener Lise et le malade au bord de la mer. L'oncle était célibataire, riche, accablé de conseils d'administration. Il avait adopté Gérard, fils de sa sœur qui, veuve, était morte de cette naissance. Le brave homme élevait Gérard et lui léguerait sa fortune. Il accepta le voyage ; il se reposerait un peu.

Gérard attendait des insultes. Sa surprise fut donc très vive de tomber sur une sainte et sur un dadais qui lui exprimèrent leur reconnaissance. Il se demandait si le couple ne méditait pas une farce et ne préparait pas une attaque, lorsqu'une courte étincelle entre les cils de la sainte et un tic des narines du dadais l'avertirent qu'il s'agissait du jeu. Ce système, de toute évidence, ne le visait pas. Il tombait au milieu d'un nouveau chapitre. Une période nouvelle se déroulait. Il s'agissait d'en prendre le rythme et il se félicita d'une attitude courtoise augurant un séjour dont l'oncle n'aurait point trop à se plaindre.

En effet, au lieu des diables qu'il redoutait, l'oncle s'émerveilla de natures si sages. Élisabeth faisait du charme :

— Vous savez, minaudait-elle, mon jeune frère est un peu timide...

— Garce ! marmottait Paul entre ses dents. Mais, sauf ce *garce* entendu par l'oreille attentive de Gérard, le jeune frère garda la bouche close.

Dans le train, il leur fallut une force peu commune pour mater l'excitation. Aidés par l'élégance naturelle de leurs gestes et de leur âme, ces enfants qui ne connaissaient rien au monde et aux yeux de qui ces wagons représentaient le luxe, eurent la maîtrise de paraître habitués à tout.

Bon gré mal gré, les couchettes évoquèrent la chambre. Aussitôt ils surent qu'ils pensaient une même chose : « À l'hôtel, nous aurons deux chambres et deux lits. »

Paul ne bougeait pas. Entre ses cils Élisabeth détaillait son profil bleuâtre sous la lampe en veilleuse. De coup d'œil en coup d'œil, cette profonde observatrice avait constaté que, depuis le régime des solitudes qui l'isolait, Paul, enclin à une certaine veulerie, n'opposait plus à cette veulerie la moindre résistance. La ligne de son menton, un peu fuyante, anguleuse chez elle, l'agaçait. Elle lui avait souvent répété : « Paul, ton menton ! » comme les mères : « Tiens-toi droit ! » ou « Mets tes mains sur la table ». Il lui répondait quelque grossièreté, ce qui ne l'empêchait pas de travailler son profil devant la glace.

L'année précédente, elle imagina de dormir, une pince à linge sur le nez, pour obtenir le profil grec. Un élastique coupait le cou du pauvre Paul et lui imprimait une marque rouge. Ensuite, il résolut de se présenter de face ou de trois quarts.

Ni l'un ni l'autre ne se souciait de plaire. Ces tentatives privées ne regardaient personne.

Soustrait à l'empire d'un Dargelos, livré à lui-même depuis le mutisme d'Élisabeth, privé du crépitement vivifiant de la discorde, Paul suivait sa pente. Sa nature faible fléchissait. Élisabeth avait deviné juste. Sa vigilance sournoise guettait les

moindres indices. Elle haïssait certaine gourmandise qui savoure des petites joies, un ronronne-
ment, un pourlèchement. Cette nature toute de feu
et de glace ne pouvait admettre le tiède. Comme
dans l'épître à l'ange de Laodicée : *Elle le vomissait
par sa bouche.* Bête de race elle était, bête de race
elle voulait Paul, et cette petite fille qui roule en
express pour la première fois, au lieu d'écouter le
tam-tam des machines, dévore le visage de son
frère, sous les cris de folle, la chevelure de folle,
l'émouvante chevelure de cris flottant par instants
sur le sommeil des voyageurs.

6

À l'arrivée, une déception attendait les enfants. Un monde fou envahissait les hôtels. En dehors de la chambre de l'oncle, il n'en restait plus qu'une, à l'autre bout du couloir. On proposa d'y coucher Paul et Gérard et de dresser un lit pour Élisabeth dans la salle de bains communicante. C'était décider qu'Élisabeth et Paul coucheraient dans la chambre, Gérard dans la salle de bains.

Dès le premier soir la situation devint intenable ; Élisabeth voulut se baigner, Paul aussi. Leur rage froide, leurs traîtrises, leurs portes claquées et rouvertes à l'improviste aboutirent à une baignade face à face. Cette baignade bouillante où Paul, flottant comme une algue, riant aux anges dans la vapeur, exaspérait Élisabeth, inaugura un régime de coups de pied. Les coups de pied continuèrent le lendemain, à table. Au-dessus de la table, l'oncle ne recevait que des sourires. Au-dessous se menait une guerre sournoise.

Cette guerre des pieds et des coudes n'était pas le seul motif d'une transformation progressive. Le charme des enfants agissait. La table de l'oncle devenait le centre d'une curiosité qui s'exprimait en sourires. Élisabeth détestait qu'on fraye, elle méprisait *les autres*, ou bien s'engouait d'une personne, de loin, maniaquement. Jusqu'ici ses toquades avaient porté sur les jeunes premiers et sur les femmes fatales de Hollywood dont les grosses têtes de statues peintes tapissaient la chambre. L'hôtel n'offrait aucune ressource. Les familles étaient noires, laides, gloutonnes. Des petites filles malingres, rappelées à l'ordre par une tape, se tordaient le cou vers la table merveilleuse. L'éloignement leur permettait de suivre, comme sur une scène construite, la guerre des jambes et le calme des visages.

La beauté n'était pour Élisabeth qu'un prétexte à grimaces, à pinces nasales, à pommades, à costumes absurdes improvisés dans la solitude avec des chiffons. Ce succès, loin de l'infatuer, allait devenir un jeu qui serait au jeu ce que la pêche à la ligne est au travail des villes. On était en vacances de la chambre, « du bagne », disaient-ils, car oubliant leur tendresse, ne constatant pas leur poésie, la respectant beaucoup moins que ne faisait Mariette, ils imaginaient fuir par le jeu une cellule où ils devaient vivre, rivés à la même chaîne.

Ce jeu de villégiature commença dans la salle à manger. Élisabeth et Paul, malgré l'effroi de Gérard, s'y livraient sous les yeux de l'oncle qui ne rencontrait jamais que leurs mines de sainte-nitouche.

Il s'agissait de terrifier par une brusque grimace les petites filles malingres, et pour cela, il fallait attendre un concours de circonstances exceptionnel. Après un long affût, si, pendant une seconde d'inattention générale, une des petites filles, disloquée sur sa chaise, tendait son regard vers la table, Élisabeth et Paul ébauchaient un sourire qui s'achevait en grimace affreuse. La petite fille, surprise, détournait la tête. Plusieurs expériences la démoralisaient et provoquaient des larmes. Elle se plaignait à sa mère. La mère regardait la table. Aussitôt Élisabeth souriait, on lui souriait, et la victime bousculée, giflée, ne bougeait plus. Un coup de coude marquait le point, mais ce coup de coude était complice et menait aux fous rires. Ils éclataient dans la chambre ; Gérard mourait de rire avec eux.

Un soir, une très petite fille que douze grimaces n'avaient pas réduite et qui se contentait de plonger le nez dans son assiette, leur tira la langue sans être vue de personne, lorsqu'ils quittèrent la table. Cette riposte les enchanta et dénoua définitivement l'atmosphère. Ils purent en retendre une autre. Comme les chasseurs et les joueurs de golf, ils crevaient d'envie de ressasser leurs exploits. On admirait la petite fille, on discutait le jeu, on compliquait ses règles. Les insultes reprirent de plus belle.

Gérard les suppliait de mettre une sourdine, d'arrêter les robinets qui coulaient sans cesse, de ne pas essayer de se maintenir la tête sous l'eau, de ne pas se battre ni se poursuivre en brandissant des chaises et en appelant au secours. Haines et fous rires se déroulaient ensemble, car quelque habitude qu'on eût de leurs volte-face, il était impossible de prévoir la seconde où ces deux tronçons convulsés se réuniraient et ne formeraient qu'un seul corps. Gérard espérait et redoutait ce phénomène. Il l'espérait à cause des voisins et de son oncle ; il le redoutait parce qu'il liguait Élisabeth et Paul contre lui.

Bientôt le jeu s'amplifia. Le hall, la rue, la plage,

les planches, agrandirent son domaine. Élisabeth forçait Gérard à les seconder. La bande infernale se divisait, courait, rampait, s'accroupissait, souriait et grimaçait, semant la panique. Les familles traînaient des enfants au cou dévissé, aux bouches pendantes, aux yeux hors de la tête. On claquait, fessait, privait de promenade, enfermait à la maison. Ce fléau n'eût point connu de bornes sans la découverte d'un autre plaisir.

Ce plaisir était le vol. Gérard suivait, n'osant plus formuler ses craintes. Ces vols n'avaient que le vol pour mobile. Il ne s'y mêlait ni lucre, ni goût du fruit défendu. Il suffisait de mourir de peur. Les enfants sortaient des magasins où ils entraient avec l'oncle, les poches pleines d'objets sans valeur et qui ne pouvaient servir à rien. La règle interdisait la prise d'objets utiles. Un jour, Élisabeth et Paul voulurent forcer Gérard à reporter un livre parce qu'il était en langue française. Gérard obtint sa grâce sous condition qu'il volerait « une chose très difficile », décréta Élisabeth, « par exemple un arrosoir ».

Le malheureux, affublé par les enfants d'une vaste pèlerine, s'exécuta, la mort dans l'âme. Son attitude était si maladroite et la bosse de l'arrosoir si drôle, que le quincaillier, rendu crédule par l'invraisemblance, les suivit longuement des yeux. — « Marche ! marche ! idiot ! soufflait Élisabeth, on nous regarde. » À l'angle des rues dangereuses, ils respiraient et prenaient les jambes à leur cou.

Gérard rêvait, la nuit, qu'un crabe lui pinçait l'épaule. C'était le quincaillier. Il appelait la police. On arrêtait Gérard. Son oncle le déshéritait, etc...

Les vols : anneaux de tringles, tournevis, commutateurs, étiquettes, espadrilles pointures 40, s'entassaient à l'hôtel, espèce de trésor de voyage, perles fausses des femmes qui circulent et laissent leurs vraies perles dans le coffre-fort.

Le fin fond de cette conduite d'enfants incultes, frais jusqu'au crime, incapables de discerner un bien et un mal, c'était, chez Élisabeth, un instinct qui la faisait redresser, avec ces jeux de pirates, la pente vulgaire qu'elle redoutait pour Paul. Paul, traqué, épouvanté, grimaçant, courant, injuriant, ne riait plus aux anges. On verra jusqu'où elle poussait sa méthode intuitive de rééducation.

Ils revinrent. Grâce au sel d'une mer qu'ils avaient distraitement regardée, ils rapportaient des forces qui décuplaient leurs aptitudes. Mariette les trouva méconnaissables. Ils lui offrirent une broche qui ne provenait pas d'un vol.

7

Ce fut seulement à partir de cette date que la chambre prit le large. Son envergure était plus vaste, son arrimage plus dangereux, plus hautes ses vagues.

Dans le monde singulier des enfants, on pouvait faire la planche et aller vite. Semblable à celle de l'opium, la lenteur y devenait aussi périlleuse qu'un record de vitesse.

Chaque fois que son oncle voyageait, inspectait les usines, Gérard restait coucher rue Montmartre. On l'installait sur des piles de coussins et on le couvrait de vieux manteaux. En face, les lits le dominaient comme un théâtre. L'éclairage de ce théâtre était l'origine d'un prologue qui situait tout de suite le drame. En effet, la lumière se trouvait au-dessus du lit de Paul. Il la rabattait avec un lambeau d'andrinople. L'andrinople emplissait la chambre d'une ombre rouge et empêchait Élisabeth de voir clair. Elle tempêtait, se relevait, déplaçait l'andrinople. Paul la replaçait ; après une lutte où chacun tirait sur le lambeau, le prologue finissait par la victoire de Paul qui brutalisait sa sœur et recoiffait la lampe. Car, depuis la mer, Paul dominait sa sœur. Les craintes de Lise lorsqu'il s'était levé et qu'elle avait constaté sa croissance étaient bien fondées. Paul n'acceptait plus un rôle de malade et la cure morale de l'hôtel dépassait le but. Elle avait beau dire : « Monsieur trouve tout très *agréable*. Un film est très *agréable*, un livre est très *agréable*, une musique est très *agréable*, un fauteuil est très *agréable*, la grenadine et l'orgeat sont *très agréables*. Tenez, Girafe, il me dégoûte ! Regardez-le ! Regardez. Il se pourlèche ! Regardez cette tête de veau ! » elle n'en sentait pas moins l'homme se substituer au nourrisson. Comme aux courses, Paul la gagnait presque d'une tête. La chambre le publiait. Dessus, c'était la chambre de Paul, il n'avait aucun effort à faire pour atteindre de la main ou de l'œil les accessoires du songe. Dessous, c'était la chambre d'Élisabeth, et lors-qu'elle voulait les siens, elle fouillait, plongeait, avec l'air de chercher un vase de nuit.

Mais elle ne fut pas longue à trouver des tortures et à reprendre l'avantage dérobé. Elle qui, jadis, agissait avec des armes garçonnières, se replia vers les ressources d'une nature féminine toute neuve et prête à servir. C'est pourquoi elle accueillait Gérard de bonne grâce, pressentant qu'un public serait utile et les tortures de Paul plus vives si elles avaient un spectateur.

Le théâtre de la chambre s'ouvrait à onze heures du soir. Sauf le dimanche, il ne donnait pas de matinées.

À dix-sept ans, Élisabeth en paraissait dix-sept ; Paul en paraissait dix-neuf à quinze. Il sortait. Il traînait. Il allait voir des films *très agréables*, écouter des musiques *très agréables*, suivre des filles *très agréables*. Plus ces filles étaient des filles, plus elles raccrochaient, plus il les trouvait *agréables*.

Au retour, il décrivait ses rencontres. Il y apportait une franchise maniaque de primitif. Cette franchise, et l'absence de vice qu'elle révélait, devenait par sa bouche le contraire du cynisme et le comble de l'innocence. Sa sœur interrogeait, raillait, s'écœurait. Soudain, un détail la choquait, qui ne pouvait choquer personne. Elle devenait aussitôt fort digne, harponnait quelque journal et, dissimulée derrière les feuilles grandes ouvertes, en commençait la minutieuse lecture.

D'habitude Paul et Gérard se donnaient rendez-vous, entre onze heures et minuit, à la terrasse d'une brasserie de Montmartre ; ils rentraient ensemble. Élisabeth guettait le choc sourd de la porte cochère, arpentait le vestibule de long en large, agonisait d'impatience.

La porte cochère l'avertissait de quitter son poste. Elle courait à la chambre, s'asseyait et empoignait le polissoir.

Ils la trouvaient assise, un filet à cheveux sur la tête, la langue un peu tirée, en train de polir ses ongles.

Paul se dévêtait, Gérard retrouvait sa robe de chambre ; on l'installait, on le calait, et le génie de la chambre frappait les trois coups.

Insistons encore, aucun des protagonistes de ce théâtre et même celui tenant l'emploi de specta-teur, n'avait conscience de jouer un rôle. C'était à cette inconscience primitive que la pièce devait une jeunesse éternelle. Sans qu'ils s'en doutassent, la pièce (ou chambre si l'on veut) se balançait au bord du mythe.

L'andrinople baignait le décor d'une pénombre de pourpre. Paul circulait tout nu, refaisait son lit, aplatissait le linge, construisait la guérite d'oreillers, disposait ses ingrédients sur une chaise. Élisabeth, sur le coude gauche, les lèvres minces, grave comme une Théodora, regardait fixement son frère. De la main droite, elle se grattait la tête jusqu'à l'écorchure. Ensuite, elle graissait ces écorchures avec une crème qu'elle tirait d'un pot de pommade posé sur le traversin.

— Idiote ! prononçait Paul, et il ajoutait :

— Rien ne me dégoûte comme le spectacle de cette idiote et de sa crème. Elle a lu dans un journal que les actrices américaines s'écorchaient et se passaient de la pommade. Elle croit que c'est bon pour le cuir chevelu... — Gérard !

— Quoi !

— Tu m'écoutes ?

— Oui.

— Gérard, vous avez de la bonté de reste. Dormez donc, n'écoutez pas ce type.

Paul se mordait les lèvres. Son œil flamboyait. Il y avait un silence. Enfin, sous le regard mouillé, fendu, sublime d'Élisabeth, il se couchait, se bordait, essayait des poses de nuque, n'hésitait pas à se relever et à rouvrir les draps, lorsque l'intérieur du lit ne répondait pas exactement à son idéal de confort.

Cet idéal une fois atteint, aucune puissance ne l'aurait délogé de sa place. Il faisait plus que se coucher, il s'embaumait ; il s'entourait de bandelettes, de nourritures, de bibelots sacrés ; il partait chez les ombres.

Élisabeth attendait l'installation qui décidait son entrée en scène et il semble incroyable que pendant quatre ans ils aient pu jouer chaque nuit la pièce sans en dénouer d'avance les ficelles. Car, sauf quelques retouches, la pièce recommençait toujours. Peut-être ces âmes incultes, obéissant à quelque ordre, exécutent une manœuvre aussi troublante que celle qui, la nuit, ferme les pétales des fleurs.

Les retouches étaient introduites par Élisabeth. Elle préparait des surprises. Une fois, elle quitta la pommade, se courba jusqu'au sol et tira de dessous le lit un saladier de cristal. Ce saladier contenait des écrevisses. Elle le serrait contre sa poitrine, l'encerclait de ses beaux bras nus, promenant un regard gourmand entre les écrevisses et son frère.

— Gérard, une écrevisse ? Si, si ! venez, venez, elles emportent la bouche.

Elle savait le goût de Paul pour le poivre, le sucre, la moutarde. Il les mangeait sur des croûtes de pain.

Gérard se leva. Il craignait de fâcher la jeune fille.

— Ordure ! murmura Paul. Elle déteste les écrevisses. Elle déteste le poivre. Elle se force ; elle s'emporte la bouche exprès.

La scène des écrevisses devait se prolonger jusqu'à ce que Paul, n'y tenant plus, la suppliât de lui en donner une. Elle le tenait alors à sa merci et châtiait cette gourmandise qu'elle détestait.

— Gérard, connaissez-vous une chose plus abjecte qu'un type de seize ans qui s'abaisse à demander une écrevisse ? Il lécherait la carpette, vous savez, il marcherait à quatre pattes. Non ! ne la lui portez pas, qu'il se lève, qu'il vienne ! C'est trop infect, à la fin, cette grande bringue qui refuse de bouger, qui crève de gourmandise et qui ne peut pas faire un effort. C'est parce que j'ai honte pour lui que je lui refuse une écrevisse...

Suivaient des oracles. Élisabeth ne les rendait que les soirs où elle se sentait en forme, en proie au dieu, sur un trépied.

Paul se bouchait les oreilles ou bien il saisissait un livre et lisait tout haut. Saint-Simon, Charles Baudelaire avaient les honneurs de la chaise. Après les oracles, il disait :

— Écoute, Gérard, et continuait sa lecture à haute voix :

J'aime son mauvais goût, sa jupe bigarrée,
Son grand châle boiteux, sa parole égarée,
Et son front rétréci.

Il déclamait la strophe superbe, ne se rendant pas compte qu'elle illustrait la chambre et la beauté d'Élisabeth.

Élisabeth avait saisi un journal. D'une voix qui prétendait imiter celle de Paul, elle lut les faits divers. Paul criait : « Assez, assez ! » Sa sœur continuait à tue-tête.

Alors, profitant de ce que la forcenée ne pouvait le voir derrière le journal, il sortit un bras et, avant que Gérard eût pu intervenir, lui jeta du lait, de toutes ses forces.

— Le misérable ! l'atroce !

Élisabeth étouffait de rage. Le journal s'était collé sur sa peau comme un torchon humide et le lait s'égouttait partout. Mais Paul espérant une crise de larmes, elle se domina.

— Tenez, Gérard, dit-elle, aidez-moi, prenez la serviette, étanchez, portez le journal dans la cuisine. Moi, murmura-t-elle, qui allais juste lui donner des écrevisses... Vous en voulez une ? Prenez garde, le lait coule. Vous avez la serviette ? Merci.

La reprise du thème des écrevisses parvint à Paul, à travers les approches du sommeil. Il ne désirait plus d'écrevisses. Il appareillait. Ses gourmandises tombaient, le délestaient, le livraient pieds et poings liés au fleuve des morts.

C'était la grande minute qu'Élisabeth mettait toute sa science à provoquer pour l'interrompre. Elle l'endormait de refus, et, trop tard, se levait, s'approchait du lit, posait son saladier sur ses genoux.

— Allez, sale bête, je ne suis pas méchante. Tu l'auras ton écrevisse.

Le malheureux soulevait au-dessus du sommeil une tête lourde, des yeux collés, gonflés, une bouche qui ne respirait plus l'air des hommes.

— Allez, mange. Tu en veux et tu n'en veux pas. Mange, ou je pars.

Alors, pareil au décapité qui essayerait de reprendre un contact suprême avec le monde, Paul entrouvrait les lèvres.

— Il faut le voir pour y croire. Hé ! Paul ! Hé là ! ton écrevisse !

Elle brisait la carapace, lui poussait la chair entre les dents.

— Il mâche en rêve ! Regarde, Gérard ! Regarde, c'est très curieux. Quelle gloutonnerie ! Faut-il qu'il soit ignoble !

Et d'un air intéressé de spécialiste, Élisabeth continuait sa besogne. Elle dilatait ses narines, tirait un peu la langue. Grave, patiente, bossue, elle ressemblait à une folle en train de gaver un enfant mort.

De cette séance instructive, Gérard ne retint qu'une chose : Élisabeth l'avait tutoyé.

Le lendemain, il essaya de la tutoyer à son tour. Il craignait une gifle, mais elle adopta le tutoiement réciproque et Gérard en ressentit une caresse profonde.

8

Les nuits de la chambre se prolongeaient jusqu'à quatre heures du matin. Cela reculait les réveils. Vers onze heures, Mariette apportait du café au lait. On le laissait refroidir. On se rendormait. Au deuxième réveil, le café au lait froid manquait de charme. Au troisième réveil, on ne se levait plus. Le café au lait pouvait se rider dans les tasses. Le mieux était d'expédier Mariette au café Charles ouvert depuis peu en bas de l'immeuble. Elle en remontait des sandwiches et des apéritifs.

La Bretonne aurait certes préféré qu'on lui laissât faire une cuisine bourgeoise, mais elle refoulait ses méthodes et se prêtait de bonne grâce aux extravagances des enfants.

Quelquefois elle les bousculait, les poussait à table, les servait de force.

Élisabeth passait un manteau sur sa chemise de nuit, s'asseyait, rêveuse, accoudée, une main contre la joue. Toutes ses poses étaient celles des femmes allégoriques qui représentent la Science, l'Agriculture, les Mois. Paul se balançait sur sa chaise, à peine vêtu. L'un et l'autre mangeaient en silence, comme les saltimbanques d'une roulotte, entre deux représentations. La journée leur pesait. Ils la trouvaient vide. Un courant les entraînait vers la nuit, vers la chambre où ils recommençaient à vivre.

Mariette savait nettoyer sans déranger le désordre. De quatre à cinq, elle cousait dans la pièce d'angle transformée en lingerie. Le soir elle préparait un médianoche et retournait chez elle. C'était l'heure où Paul courait les rues désertes, cherchant des filles qui ressemblassent au sonnet de Baudelaire.

Seule à la maison, Élisabeth prenait au coin des meubles ses attitudes hautaines. Elle ne sortait que pour acheter les surprises, rentrant vite pour les dissimuler. Elle rôdait de pièce en pièce, écœurée d'un malaise à cause de la chambre où une femme était morte, sans aucun rapport avec la mère qui vivait en elle.

Le malaise grandissait à la chute du jour. Alors elle entrait dans cette chambre que les ténèbres envahissaient. Elle se tenait droite au milieu. La chambre sombrait, s'enfonçait et l'orpheline se laissait engloutir, les yeux fixes, les mains pendantes, debout comme un capitaine à son bord.

9

Il est de ces maisons, de ces existences qui stupéfieraient les personnes raisonnables. Elles ne comprendraient pas qu'un désordre qui semble à peine devoir continuer quinze jours puisse tenir plusieurs années. Or ces maisons, ces existences problématiques se maintiennent bel et bien, nombreuses, illégales, contre toute attente. Mais, où la raison n'aurait pas tort, c'est que si la force des choses est une force, elle les précipite vers la chute.

Les êtres singuliers et leurs actes asociaux sont le charme d'un monde pluriel qui les expulse. On s'angoisse de la vitesse acquise par le cyclone où respirent ces âmes tragiques et légères. Cela débute par des enfantillages ; on n'y voit d'abord que des jeux.

Trois ans passèrent donc, rue Montmartre, sur un rythme monotone d'une intensité jamais affaiblie. Élisabeth et Paul, faits pour l'enfance, continuaient à vivre comme s'ils eussent occupé deux berceaux jumeaux. Gérard aimait Élisabeth. Élisabeth et Paul s'adoraient et se déchiraient. Tous les quinze jours, après une scène nocturne, Élisabeth préparait une valise et annonçait qu'elle allait vivre à l'hôtel.

Mêmes nuits violentes, mêmes matins pâteux, mêmes après-midi longues où les enfants devenaient des épaves, des taupes en plein jour. Il arrivait qu'Élisabeth et Gérard sortissent ensemble. Paul allait à ses plaisirs. Mais ce qu'ils voyaient, entendaient ne leur appartenait pas en propre. Serviteurs d'une loi inflexible, ils le rapportaient à la chambre où se faisait le miel.

Il ne venait pas à l'idée de ces orphelins pauvres que la vie était une lutte, qu'ils existaient en contrebande, que le sort les tolérait, fermait les yeux. Ils trouvaient naturel que leur médecin et l'oncle de Gérard les fissent vivre.

La richesse est une aptitude, la pauvreté de même. Un pauvre qui devient riche étalera une pauvreté luxueuse. Ils étaient si riches qu'aucune richesse n'aurait changé leur vie. La fortune pouvait leur venir en dormant, ils ne s'en apercevraient pas au réveil.

Ils contredisaient le préjugé contre la vie facile, les mœurs faciles et, sans le savoir, mettaient en œuvre ces « *admirables puissances de vie souple et légère gâchée au travail* » dont parle un philosophe.

Projets d'avenir, études, places, démarches ne les préoccupaient pas davantage que garder les moutons ne tente un chien de luxe. Dans les journaux, ils lisaient les crimes. Ils étaient de cette race qui fausse les moules, qu'une caserne comme New York réforme et qu'elle préfère voir vivre à Paris.

Aussi bien aucune considération d'ordre

pratique ne décida l'attitude que soudain Gérard et Paul constatèrent chez Élisabeth.

Elle voulait prendre un travail. Elle en avait assez d'une existence de bonne. Que Paul fasse ce que bon lui semble. Elle avait dix-neuf ans, elle dépérissait, elle ne continuerait pas un jour de plus.

— Tu comprends, Gérard, répétait-elle, Paul est libre et, du reste, il est incapable, il est nul, c'est un âne, un demeuré. Il faut que je m'en sorte toute seule. Du reste, que deviendrait-il, si je ne travaillais pas ? Je travaillerai, je trouverai une place. Il le faut.

Gérard comprenait. Il venait justement de comprendre. Un motif inconnu décorait la chambre. Paul, embaumé, prêt à *partir*, écoutait ces injures neuves, débitées sur le mode grave.

— Pauvre gosse, continuait-elle, il faut qu'on l'aide. Il est encore très malade, tu sais. Le médecin... (Non, non, Girafe, il dort), le médecin m'inquiète beaucoup. Pense qu'une boule de neige a suffi pour le renverser, pour lui faire abandonner ses études. Ce n'est pas sa faute, je ne lui reproche rien, mais c'est un infirme que j'ai sur les bras.

« L'infecte, oh ! l'infecte », pensait Paul qui feignait de dormir et dont l'agitation se traduisait par des tics.

Élisabeth le surveillait, se taisait et, en tortion-naire experte, recommençait à demander conseil, à le plaindre.

Gérard lui opposait la belle mine de Paul, sa taille, sa force. Elle répondait par sa faiblesse, sa gourmandise, sa veulerie.

Lorsque, incapable de se contenir, il remuait et imitait le réveil, elle demandait d'une voix tendre s'il désirait quelque chose et changeait de conversation.

Paul avait dix-sept ans. Dès seize ans, il en accusait vingt. Les écrevisses, le sucre ne suffisaient plus. Sa sœur haussait le registre.

Le subterfuge du sommeil plaçait Paul dans une position si défavorable qu'il préféra la mêlée. Il éclata. Les doléances d'Élisabeth prirent aussitôt rang d'invectives. Sa paresse était criminelle, immonde. Il assassinait sa sœur. Il se laisserait entretenir par elle.

Élisabeth, en échange, devenait une fanfaronne, une grotesque, une ânesse incapable de se rendre utile, de faire quoi que ce soit.

La riposte obligea Élisabeth à passer des paroles aux actes. Elle supplia Gérard de la recommander à une grande maison de couture dont il connaissait la patronne. Elle serait vendeuse. Elle travaillerait !

Gérard l'emmena voir la couturière, stupéfaite d'une pareille beauté. Malheureusement, le métier de vendeuse exige la connaissance des langues. Elle ne pouvait la prendre qu'à titre de mannequin. Elle avait déjà une orpheline, Agathe ; elle lui confierait la jeune fille, qui n'aurait rien à craindre du milieu.

Vendeuse ? mannequin ? Élisabeth ne fait aucune différence. Au contraire : lui proposer d'être mannequin, c'était lui offrir de débuter sur les planches. Le marché fut conclu.

Cette réussite eut encore un résultat curieux.

— Paul va être empoisonné, prévoyait-elle.

Or, sans l'ombre d'une comédie, poussé par on ne sait quels antidotes, Paul entra dans une violente fureur, gesticulant, criant qu'il ne tenait pas à devenir le frère d'une grue, et qu'il aimerait mieux qu'elle fît le trottoir.

— Je t'y rencontrerais, riposta Élisabeth, je n'y tiens pas.

— Du reste, ricanait Paul, tu ne t'es pas regardée, ma pauvre fille. Tu seras ridicule. Au bout d'une heure, on te renverra avec un coup de pied dans le derrière. Mannequin ? tu t'es trompée d'adresse. Tu aurais dû t'engager comme épouvantail.

La cabine des mannequins est une rude angoisse. On y retrouve l'angoisse du premier jour de classe, les farces des écoliers. Élisabeth, sortant d'une interminable pénombre, monte sur la sellette, sous des projecteurs. Elle se croyait laide et s'attendait au pire. Sa magnificence de jeune animal blessait ces filles peintes et lasses, mais elle figeait leurs moqueries. On l'enviait et on se détournait. Cette quarantaine devint fort pénible. Élisabeth essayait d'imiter ses compagnes ; elle épiait la manière de marcher sur la cliente comme pour lui demander une explication publique et, une fois en sa présence, de lui tourner le dos d'un air dédaigneux. Son genre n'était pas compris. On lui faisait passer des robes modestes qui la mortifiaient. Elle doublait Agathe.

Une amitié fatale, douce, encore inconnue pour Élisabeth réunit donc les orphelines. Leurs gênes étaient analogues. Entre le passage des robes, habillées de blouses blanches, elles s'affalaient dans les fourrures, échangeaient des livres, des confidences, se réchauffaient le cœur.

Et vraiment, de cette sorte dont à l'usine une pièce qu'un ouvrier a faite au sous-sol s'ajuste avec

67

une pièce faite par un ouvrier du dernier étage, Agathe entra de plain-pied dans la chambre.

Élisabeth espérait un peu de résistance chez son frère. « Elle porte un nom de bille », avait-elle prévenu. Paul déclara qu'elle portait un nom illustre, une rime à frégate dans un des plus beaux poèmes qui existent.

10

Le mécanisme qui avait conduit Gérard de Paul à Élisabeth, conduisit Agathe d'Élisabeth à Paul. C'était un exemplaire moins inaccessible. Paul se sentit remué en présence d'Agathe. Fort peu apte à l'analyse, il catalogua l'orpheline parmi les choses *agréables*.

Or, il venait, sans le savoir, de transporter sur Agathe les masses confuses de rêve qu'il accumulait sur Dargelos.

Il en eut la révélation foudroyante un soir que les jeunes filles visitaient la chambre.

Comme Élisabeth expliquait le trésor, Agathe s'empara de l'épreuve d'Athalie et s'écria :

— Vous avez ma photo ? d'une voix si étrange que Paul souleva sa tête du sarcophage, se haussant sur les coudes comme les jeunes chrétiens d'Antinoé.

— Ce n'est pas ta photo, dit Élisabeth.

— C'est vrai, le costume n'est pas pareil. Mais c'est incroyable. Je l'apporterai. C'est exactement la même. C'est moi, c'est moi. Qui est-ce ?

— Un garçon, ma vieille. C'est le type de Condorcet qui a frappé Paul avec une boule de neige... Il te ressemble, c'est exact. Paul, est-ce qu'Agathe lui ressemble ?

À peine évoquée, la ressemblance invisible qui n'attendait qu'un prétexte pour éclater, éclata. Gérard reconnut le profil funeste. Agathe, tournée vers Paul, brandissait la carte blanche et Paul, dans l'ombre pourpre, vit Dargelos brandissant la neige et reçut le même coup de poing.

Il laissa retomber sa tête :

— Non, ma fille, dit-il d'une voix éteinte, c'est la photo qui ressemble ; vous, vous ne lui ressemblez pas.

Ce mensonge inquiéta Gérard. La similitude crevait les yeux.

En vérité, Paul ne remuait jamais certaines laves de son âme. Ces couches profondes étaient trop précieuses et il craignait sa propre maladresse. *L'agréable* s'arrêtait au seuil de ce cratère dont les vapeurs étourdissantes l'encensaient.

De ce soir, il se tissa entre Paul et Agathe une étoffe de fils entrecroisés. Une revanche du temps renversait les prérogatives. Le fier Dargelos qui blessait les cœurs d'un amour insoluble se métamorphosait en une jeune fille timide que Paul dominerait.

Élisabeth avait rejeté l'épreuve dans le tiroir. Le lendemain, elle la retrouva sur la cheminée. Elle fronça les sourcils. Elle ne souffla mot. Seulement, sa tête travaillait. Sous l'éclairage d'une inspiration, elle s'aperçut que tous les apaches, tous les détectives, toutes les étoiles américaines, épinglés par Paul sur les murs, ressemblaient à l'orpheline et à Dargelos-Athalie.

Cette découverte la jeta dans un trouble qu'elle ne précisait pas et qui l'étouffait. C'est trop fort, se disait-elle, il fait des cachettes. Il triche au jeu.

Puisqu'il trichait, elle tricherait de conserve. Elle se rapprocherait d'Agathe, négligerait Paul et n'avouerait aucune curiosité.

L'air de famille des visages de la chambre était un fait. On aurait bien étonné Paul en lui en faisant la remarque. Le type qu'il poursuivait, il le poursuivait obscurément. Il croyait n'en pas avoir. Or, l'influence que ce type exerçait sur lui à son insu et celle que lui, Paul, exerçait sur sa sœur, contrariaient leur désordre par des lignes droites, implacables, en route l'une vers l'autre, comme les deux lignes hostiles qui, de la base, se réunissent en haut des frontons grecs.

Agathe, Gérard partageaient la chambre incorrecte qui prenait de plus en plus l'apparence d'un campement de bohémiens. Le cheval manquait seul et non les enfants en guenilles. Élisabeth proposa de loger Agathe. Mariette lui installerait la chambre vide qui ne lui évoquerait point, à elle, de tristes souvenirs. « La chambre de maman » était pénible lorsqu'on avait vu, lorsqu'on se rappelait, lorsqu'on attendait debout que la nuit tombe. Éclairée, nettoyée, on pouvait y loger le soir.

Agathe, aidée par Gérard, transporta quelques valises. Elle connaissait déjà les coutumes, les veilles, les sommeils, les discordes, les tornades, les bonaces, le café Charles et ses sandwiches.

Gérard cherchait les jeunes filles à la sortie des mannequins. Ils traînaient ou rentraient rue Montmartre. Mariette laissait un dîner froid. Ils mangeaient partout, sauf sur la table, et le lendemain, la Bretonne partait à la récolte des coquilles d'œufs.

Paul voulut profiter vite de la revanche que lui ménageait le sort. Incapable de jouer au Dargelos et d'imiter sa morgue, il usait de vieilles armes qui traînaient dans la chambre : c'est-à-dire qu'il tourmentait Agathe grossièrement. Élisabeth ripostait pour elle. Paul employait alors l'humble Agathe, afin de blesser sa sœur par la bande. Quatre orphelins y trouvaient leur compte : Élisabeth qui découvrait un moyen de compliquer leur dialogue, Gérard qu'on laissait reprendre haleine, Agathe éblouie par l'insolence de Paul, et Paul lui-même, car l'insolence rend prestigieux et jamais il n'aurait exploité un tel prestige, n'étant pas un Dargelos, si Agathe n'eût été prétexte à injurier sa sœur.

Agathe jouissait d'être victime parce qu'elle sentait cette chambre pleine d'une électricité d'amour dont les secousses les plus brutales demeuraient inoffensives et dont le parfum d'ozone vivifiait.

C'était une fille de cocaïnomanes qui la brutalisaient et se suicidèrent au gaz. L'administrateur d'une grande maison de modes habitait l'immeuble. Il la réclama, l'emmena chez sa patronne. Après un travail subalterne, elle obtint de passer les robes. Elle s'y connaissait en coups, en insultes, en farces sinistres. Ceux de la chambre la changeaient ; ils évoquaient les vagues qui battent, le vent qui gifle et la foudre espiègle qui déshabille un berger.

Malgré cette différence, une maison de drogues l'avait instruite sur les pénombres, les menaces, les poursuites qui cassent des meubles, les viandes froides mangées la nuit. Rien de ce qui, rue Montmartre, pouvait scandaliser une jeune fille ne l'étonna. Elle sortait d'une rude école et le régime de cette école lui avait imprimé autour des yeux et des narines ce quelque chose de farouche qui pouvait se prendre d'abord pour la morgue de Dargelos.

Dans la chambre, elle monta, en quelque sorte, au ciel de son enfer. Elle vivait, elle respirait. Rien ne l'inquiétait et jamais elle ne trembla que ses amis n'en vinssent aux drogues, parce qu'ils agissaient sous l'influence d'une drogue naturelle, jalouse, et que prendre des drogues eût été pour eux mettre blanc sur blanc, noir sur noir.

Pourtant, il leur arrivait d'être en proie à quelque délire ; une fièvre revêtait la chambre de miroirs déformants. Alors, Agathe s'assombrissait, se demandait si, pour être naturelle, la drogue mystérieuse n'en serait pas moins exigeante et si toute drogue n'aboutissait pas à s'asphyxier avec du gaz.

Une chute de lest, une reprise d'équilibre chassaient ses doutes, la rassuraient.

Mais la drogue existait. Élisabeth et Paul étaient nés en charriant dans leur sang cette substance fabuleuse.

Les drogues procèdent par périodes et changent le décor. Ce changement de décor, ces différents stades d'un cycle de phénomènes, ne se produisent pas d'un seul coup. Le passage est insensible et provoque une zone intermédiaire de désarroi. Les choses se meuvent à contresens pour former de nouveaux dessins.

Le jeu tenait une place de moins en moins grande dans la vie d'Élisabeth et même dans celle de Paul. Gérard, absorbé par Élisabeth, n'y jouait plus. Le frère et la sœur essayaient encore et s'agaçaient de n'y pouvoir parvenir. Ils ne *partaient* pas. Ils se sentaient distraits, dérangés au fil du rêve. En vérité, ils partaient ailleurs. Rompus à l'exercice qui consiste à se projeter hors de soi, ils appelaient distraction l'étape nouvelle qui les enfonçait en eux-mêmes. Une intrigue de tragédie de Racine se substituait aux machines que ce poète employa pour apporter et emporter les dieux des fêtes de Versailles. Leurs fêtes s'en trouvaient toutes désorganisées. Descendre en soi demande une discipline dont ils étaient incapables. Ils n'y rencontraient que ténèbres, fantômes de sentiments. « Zut ! zut ! » criait Paul d'une voix courroucée. Chacun levait la tête. Paul enrageait de ne pouvoir partir chez les ombres. Ce « zut ! » exprimait sa mauvaise humeur d'avoir été interrompu au bord du jeu par le souvenir d'un geste d'Agathe. Il la rendait responsable et tournait contre elle cette mauvaise humeur. La cause de l'algarade était trop simple pour que Paul à l'intérieur, et à l'extérieur Élisabeth, en fussent avertis. Élisabeth qui, de son côté, essayait de prendre le large et déviait, sombrant dans de confuses méditations, saisissait au vol ce prétexte à sortir d'elle-même. La rancune amoureuse de son frère la trompait. Elle se disait : « Agathe l'agace parce qu'elle ressemble à ce type », et ce couple aussi maladroit à se déchiffrer qu'il déployait jadis d'adresse à résoudre l'insoluble, reprenait au travers d'Agathe son dialogue injurieux.

À trop crier l'on s'enroue. Le dialogue se ralentissait, cessait, et les guerriers se retrouvaient la proie d'une vie réelle qui empiétait sur le songe, bousculait la vie végétative de l'enfance, uniquement peuplée d'objets inoffensifs.

Quel instinct de conservation déroutant, quel réflexe de l'âme, avaient pu faire hésiter la main d'Élisabeth le jour où elle versa Dargelos au trésor ? Sans doute en furent-ils l'origine cet autre instinct, cet autre réflexe poussant Paul à crier :

« On le met ? » d'une voix alerte et mal en règle avec sa détresse. Toujours est-il que la photographie n'était pas inoffensive. Paul avait proposé la chose comme une personne découverte en flagrant délit prend un air enjoué et invente une bourde quelconque ; Élisabeth avait accepté sans enthousiasme et quitté la chambre sur une pantomime moqueuse ayant pour but de paraître en savoir fort long et d'intriguer Paul et Gérard au cas où ils eussent comploté contre elle.

On l'a vu, le silence du tiroir avait pétri lentement, méchamment l'image, et il n'était pas drôle que Paul, au bout du bras d'Agathe, l'eût identifiée à la boule de neige mystérieuse.

DEUXIÈME PARTIE

11

Depuis plusieurs jours, la chambre tanguait. Élisabeth torturait Paul par un système de caches et d'allusions incompréhensibles à quelque chose *d'agréable* (elle insistait) où il n'aurait aucune part. Elle traitait Agathe en confidente, Gérard en complice, et clignait de l'œil lorsque les allusions risquaient de s'éclaircir. Le succès de ce système dépassa ses espérances. Paul se retournait sur le gril, brûlé de curiosité. L'orgueil seul l'empêchait de prendre à part Gérard ou Agathe auxquels Élisabeth devait du reste défendre d'ouvrir la bouche, sous peine de brouille.

La curiosité l'emporta. Il guetta le trio à ce qu'Élisabeth surnommait la « sortie des artistes » et découvrit qu'un jeune homme sportif attendait avec Gérard devant la maison de modes et enlevait la bande en voiture.

La scène de la nuit fut un paroxysme. Paul traita sa sœur et Agathe de grues infectes et Gérard d'entremetteur. Il quitterait l'appartement. Elles pouvaient y amener des hommes. C'était à prévoir. Les mannequins étaient des grues, des grues de bas étage ! Sa sœur était une chienne en chasse

79

qui avait entraîné Agathe, et Gérard, oui, Gérard, serait responsable de tout.

Agathe pleura. Malgré Élisabeth qui interrompait d'une voix placide : « Laisse-le, Gérard, il est grotesque... », Gérard se fâcha, expliqua que ce jeune homme connaissait son oncle, qu'il s'appelait Michaël, que c'était un juif américain, qu'il possédait une fortune immense, et qu'on projetait de cesser le complot, de le faire connaître à Paul.

Paul vociféra qu'il refusait de connaître ce « juif infâme » et qu'il irait le gifler le lendemain à l'heure du rendez-vous.

— C'est du propre, continuait-il, les yeux étoilés de haine, Gérard et toi vous entraînez cette petite, vous la poussez dans les bras de ce juif ; vous voulez peut-être la vendre !

— Vous vous trompez, mon cher, repartit Élisabeth. Je vous préviens amicalement que vous faites fausse route. Michaël vient pour *moi*, il veut m'épouser et il me plaît beaucoup.

— T'épouser ? t'épouser, toi ! mais tu es folle, mais tu ne t'es pas regardée dans une glace, mais tu es immariable, laide, idiote ! tu es la reine des idiotes ! Il s'est payé ta tête, il s'est moqué de toi !

Et il riait d'un rire convulsif.

Élisabeth savait que le problème d'être juif ou non ne s'était jamais posé, pas plus pour Paul que pour elle. Elle se sentait chaude, confortable. Son cœur s'épanouissait jusqu'aux limites de la chambre. Comme elle aimait ce rire de Paul ! Comme la ligne de son menton devenait féroce ! Comme il était donc doux de taquiner son frère jusque-là !

Le lendemain, Paul se sentit ridicule. Il s'avouait que son algarade dépassait les bornes. Oubliant qu'il avait cru que l'Américain convoitait Agathe, il se disait : « Élisabeth est libre. Elle peut se marier et épouser n'importe qui, je m'en moque » ; il se demandait les raisons de sa fureur.

Il bouda et graduellement se laissa convaincre de rencontrer Michaël.

Michaël formait avec la chambre un contraste parfait. Contraste si net, si vif, que dans la suite aucun des enfants n'eut l'idée de lui ouvrir cette chambre. Il leur représentait le dehors.

Au premier coup d'œil on le situait sur la terre ; on savait qu'il y possédait tout son bien et que seules ses automobiles de course lui procuraient parfois du vertige.

Ce héros de film devait vaincre les préventions de Paul. Paul céda, s'engoua. La petite bande filait sur les routes, sauf aux heures qui rappelaient les quatre complices à la chambre et que Michaël consacrait naïvement au sommeil.

Michaël ne perdait pas à la complicité nocturne. On l'y rêvait, l'y exaltait, l'y fabriquait de toutes pièces.

Lorsqu'on le retrouvait ensuite, il ne se doutait guère qu'il bénéficiait d'un enchantement semblable à celui de Titania sur les dormeurs du *Midsummer Night's Dream.*

— Pourquoi n'épouserais-je pas Michaël ?

— Pourquoi Élisabeth n'épouserait-elle pas Michaël ?

L'avenir des deux chambres se réaliserait. Une étonnante vitesse les poussait vers l'absurde, stimulant des projets de chambres, semblables aux projets d'avenir que les jumelles réunies par une membrane confiaient ambitieusement aux interviews.

Seul, Gérard se réserve. Il détourne la tête. Jamais il n'eût osé prétendre à épouser la pythonisse, la vierge sacrée. Il fallait, comme dans les films, un jeune automobiliste qui l'enlève, qui ose ce geste, faute de connaître les défenses du lieu saint.

Et la chambre continuait, et le mariage se préparait, et l'équilibre se maintenait intact, équilibre d'une pile de chaises qu'un clown balance entre la scène et la salle jusqu'à l'écœurement.

Écœurement vertigineux qui remplaçait l'écœurement un peu fade des sucres d'orge. Ces enfants terribles se bourrent de désordre, d'une macédoine poisseuse de sensations.

Michaël regardait les choses d'un autre œil. On l'aurait fort surpris en lui annonçant ses fiançailles avec la vierge du temple. Il aimait une jeune fille ravissante et l'épousait. Il lui offrait, en riant, son hôtel de l'Étoile, ses automobiles, sa fortune.

Élisabeth se meubla une chambre de style Louis-XVI. Elle abandonnerait à Michaël les salons, les salles de musique, de gymnastique, la piscine et une vaste galerie fort cocasse, espèce de cabinet de travail, de salle à manger, de salle de billard ou d'escrime, à hauts vitrages dominant des arbres. Agathe la suivrait. Élisabeth lui réserva un petit appartement, au-dessus du sien.

Agathe envisageait le désastre d'une rupture avec la chambre. Elle pleurait en cachette son pouvoir magique et l'intimité de Paul. Que deviendraient les nuits ? Le miracle jaillissait d'un contact interrompu entre le frère et la sœur. Cette rupture, cette fin du monde, ce naufrage, n'affectaient ni Paul, ni Élisabeth. Ils ne pesaient pas les conséquences directes ou indirectes de leur acte, ne s'interrogeaient pas plus qu'un chef-d'œuvre dramatique ne s'inquiète de la marche d'une intrigue et des approches du dénouement. Gérard se sacrifiait. Agathe obéissait au bon plaisir de Paul.

Paul disait :

— C'est très commode. Pendant les absences de son oncle, Gérard pourra prendre la chambre d'Agathe (ils ne l'appelaient plus *chambre de maman*) et si Michaël voyage, les filles n'auront qu'à rappliquer chez nous.

Ce terme de filles signifiait bien que Paul ne concevait pas le mariage, qu'il envisageait un avenir nuageux.

Michaël voulait convaincre Paul d'habiter l'hôtel de l'Étoile. Il refusa, tenant à son plan de solitude. Alors Michaël, avec Mariette, s'arrangea pour prendre à sa charge les moindres dépenses de la rue Montmartre.

Après une cérémonie rapide où témoignèrent les hommes qui géraient la fortune incalculable du marié, Michaël décida, pendant qu'Élisabeth et Agathe s'installeraient, de passer une semaine à Eze où il faisait bâtir, l'architecte attendant ses ordres. Il prenait la voiture de course. La vie commune commencerait au retour.

Mais le génie de la chambre veillait.

Est-il presque besoin de l'écrire ? Sur la route, entre Cannes et Nice, Michaël se tua.

Sa voiture était basse. Une longue écharpe qui lui enveloppait le cou et flottait, s'enroula autour du moyeu. Elle l'étrangla, le décapita furieuse-ment, pendant que la voiture dérapait, se broyait, se cabrait contre un arbre et devenait une ruine de silence avec une seule roue qui tournait de moins en moins vite en l'air comme une roue de loterie.

12

L'héritage, les signatures, les conférences avec les administrateurs, le crêpe et les fatigues accablaient la jeune femme qui ne connaissait du mariage que les formalités légales. L'oncle et le médecin, n'ayant plus à payer de leur poche, payaient de leurs personnes. Ils n'en récoltèrent pas davantage de gratitude. Élisabeth se déchargeait sur eux de toutes ses charges.

De concert avec les administrateurs, ils classaient, comptaient, réalisaient des sommes qui ne représentaient plus que des chiffres et accablaient l'imagination.

Nous avons parlé d'une aptitude à la richesse grâce à laquelle rien ne pouvait augmenter la richesse native de Paul et d'Élisabeth. L'héritage en fournit la preuve. La secousse du drame les modifia beaucoup plus. Ils aimaient Michaël. L'étonnante aventure des noces et de sa mort projeta cet être peu secret dans la zone secrète. L'écharpe vivante, en l'étranglant, lui avait ouvert la porte de la chambre. Jamais il n'y serait entré sans cela.

Rue Montmartre, la mise en œuvre du projet de solitude caressé par Paul à l'époque où sa sœur et lui se tiraient les cheveux devint insupportable en raison du départ d'Agathe. Ce projet offrait un sens lors de sa gourmandise égoïste ; il perdait toute signification puisque l'âge aggravait ses désirs.

Bien que ces désirs fussent informes, Paul découvrit que la solitude convoitée ne lui procurait aucun bénéfice et lui creusait, par contre, un vide affreux. Il profita du marasme pour accepter de vivre chez sa sœur.

Élisabeth lui donna la chambre de Michaël séparée de la sienne par une vaste salle de bains. Les domestiques, trois mulâtres et un chef nègre, voulurent retourner en Amérique. Mariette embaucha une compatriote. Le chauffeur restait.

À peine Paul fut-il installé que le dortoir se reforma.

Agathe avait peur, en haut, toute seule... Paul dormait mal dans un lit à colonnes... L'oncle de Gérard visitait des usines en Allemagne... Bref Agathe couchait dans le lit d'Élisabeth, Paul traînait sa literie et construisait sa guérite sur le divan, Gérard entassait ses châles.

C'est cette chambre abstraite, capable de se recréer n'importe où, que Michaël habitait depuis la catastrophe. La vierge sacrée ! Gérard avait raison. Ni lui, ni Michaël, ni personne au monde ne posséderait Élisabeth. L'amour lui révélait ce cercle incompréhensible qui l'isolait de l'amour et dont le viol coûtait la vie. Et même en admettant que Michaël eût possédé la vierge, jamais il n'aurait possédé le temple où il ne vivait que par sa mort.

13

On se souvient que l'hôtel contenait une galerie, mi-salle de billard, mi-cabinet de travail, mi-salle à manger. Cette galerie hétéroclite l'était déjà par ce fait qu'elle n'en était pas une et ne menait à rien. Une bande de moquette d'escalier traversait son linoléum sur la droite et s'arrêtait au mur. En entrant, à gauche, on voyait une table de salle à manger sous une espèce de suspension, quelques chaises et des paravents de bois souple qui peuvent prendre la forme qu'on veut. Ces paravents isolaient cette ébauche de salle à manger d'une ébauche de cabinet de travail, canapé, fauteuil de cuir, bibliothèque tournante, planisphère terrestre, groupés sans âme autour d'une autre table, une table d'architecte, sur laquelle une lampe à réflecteur était le seul foyer lumineux du hall.

Après des espaces qui restaient vides malgré des sièges à bascule, un billard étonnant à force de solitude. De place en place, de hautes vitres projetaient au plafond des sentinelles de lumière, un éclairage en contrebas du dehors formant une rampe qui baignait le tout d'un clair de lune théâtral.

On s'attendait à quelque lanterne sourde, quelque fenêtre qui glisse, quelque saut feutré de cambrioleur.

Ce silence, cette rampe, évoquaient la neige, le salon jadis suspendu en l'air de la rue Montmartre, et même, avant la bataille, l'ensemble de la cité Monthiers réduite par la neige aux proportions d'une galerie. C'était bien une solitude pareille et l'attente et les pâles façades simulées par les vitrages.

Cette pièce semblait une de ces extraordinaires fautes de calcul d'un architecte découvrant trop tard l'oubli de la cuisine ou de l'escalier.

Michaël avait rebâti la maison ; il n'avait pu résoudre le problème de ce cul-de-sac auquel on aboutissait toujours. Mais, chez un Michaël, une faute de calcul était l'apparition de la vie ; le moment où la machine s'humanise et cède le pas. Ce point mort d'une maison peu vivante était l'endroit où coûte que coûte s'était réfugiée la vie. Traquée par un style implacable, par une meute de béton et de fer, elle se cachait dans ce coin immense avec l'aspect des princesses déchues qui se sauvent en emportant sur elles n'importe quoi.

On admirait l'hôtel ; on disait : « Pas de surcharges. Rien que du rien. Pour un milliardaire, c'est tout de même quelque chose. » Or les personnes éprises de New York et qui eussent dédaigné cette pièce, ne se doutaient pas (pas plus que Michaël) combien elle était américaine.

Mille fois mieux que le fer et le marbre, elle racontait la ville des sectes occultes, des théosophes, le Christian Science, le Ku-Klux-Klan, les testaments qui imposent des épreuves mystérieuses à l'héritière, les clubs funèbres, les tables tournantes, les somnambules d'Edgar Poe.

Ce parloir d'une maison de fous, ce décor idéal pour les personnes défuntes qui se matérialisent et annoncent leur décès à distance, évoquait en outre le goût juif des cathédrales, des nefs, des plates-formes au quarantième étage où des dames habitent des chapelles gothiques, jouant de l'orgue et brûlant des cierges. Car New York consomme plus de cierges que Lourdes, que Rome, que n'importe quelle ville sainte du monde entier.

Galerie faite pour l'enfance anxieuse lorsqu'elle n'ose traverser certains couloirs, lorsqu'elle se réveille, qu'elle écoute les meubles qui craquent et les boutons de porte qui tournent.

Et cette monstrueuse chambre de débarras, c'était la faiblesse de Michaël, son sourire, le meilleur de son âme. Elle dénonçait en lui l'existence de quelque chose qui précédait sa rencontre avec les enfants et qui le rendait digne d'eux. Elle prouvait injuste son exclusion de la chambre, fatals son mariage et sa tragédie. Un grand mystère y devenait limpide : ce n'était ni pour sa fortune, ni pour sa force, ni pour son élégance qu'Élisabeth l'avait épousé, ni pour son charme. Elle l'avait épousé pour sa mort.

Et normal il était aussi que les enfants eussent cherché partout la chambre dans l'hôtel, sauf dans cette galerie. Entre leurs deux chambres ils erraient comme des âmes en peine. Les nuits blanches n'étaient plus ce spectre léger qui se sauve au chant du coq, mais un spectre inquiet qui flotte. Possédant enfin leurs chambres respectives et ne voulant pas en démordre, ils s'enfermaient rageusement ou se traînaient de l'une à l'autre, la démarche hostile, les lèvres minces, les regards lançant des couteaux.

Cette galerie n'était pas sans leur avoir jeté un sort. Cet appel les effrayait un peu, les empêchait d'en franchir le seuil.

Ils avaient remarqué l'une de ses vertus singulières et non la moindre ; la galerie dérivait en tout sens, comme un navire amarré sur une seule ancre.

Lorsqu'on se trouvait dans n'importe quelle autre pièce, il devenait impossible de la situer et, lorsqu'on y pénétrait, de se rendre compte de sa position par rapport aux autres pièces. À peine était-on orienté par un vague bruit de vaisselle provenant des cuisines.

Ce bruit et ces magies évoquaient l'enfance somnolente après le funiculaire, les hôtels suisses où la fenêtre s'ouvre à pic sur le monde, où l'on voit le glacier en face, si près, si près, de l'autre côté de la rue, comme un immeuble en diamant.

Maintenant c'est au tour de Michaël de les mener où il fallait, de prendre le roseau d'or, de tracer les limites et de leur désigner le lieu.

Une nuit que Paul boudait et qu'Élisabeth voulait l'empêcher de dormir, il claqua les portes, se sauva et se réfugia dans la galerie.

L'observation n'était pas son fait. Mais il recevait les effluves avec violence, les enregistrait et les orchestrait vite à son usage.

À peine dans cette enfilade mystérieuse de pans d'ombre et de lumière alternatifs, à peine engagé entre les décors de ce studio désert, il devint un chat prudent auquel rien n'échappe. Ses yeux luisaient. Il s'arrêtait, contournait, reniflait, incapable d'assimiler une chambre à la cité Monthiers, un silence nocturne à la neige, mais y retrouvant profondément le déjà vu d'une vie antérieure.

Il inspecta le cabinet de travail, se releva, traîna et enroula les paravents de manière à isoler un fauteuil, s'y coucha, les pieds sur une chaise ; puis, l'âme béate, essaya de *partir.* Mais le décor partait, abandonnant son personnage.

Il souffrait. Il souffrait d'orgueil. Sa revanche sur le double de Dargelos était un échec pitoyable. Agathe le dominait. Et, au lieu de comprendre qu'il l'aimait, qu'elle le dominait par sa douceur, qu'il importait de se laisser vaincre, il se crêtait, se cabrait, luttait contre ce qu'il croyait son démon, une fatalité diabolique.

Pour vider une cuve dans une autre par un tuyau de caoutchouc, une simple amorce suffit.

Le lendemain Paul s'organisa, se construisant une cabane comme dans *Les Vacances* de Mme de Ségur. Les paravents ménagèrent une porte. Cette enceinte ouverte en haut et participant à l'existence surnaturelle du lieu, se peupla de désordre. Paul y apportait le buste de plâtre, le trésor, les livres, les boîtes vides. Le linge sale s'entassait. Une grande glace mirant les perspectives. Un lit pliant remplaçait le fauteuil. L'andrinople coiffa le réflecteur.

D'abord annoncés par quelques visites, Élisabeth, Agathe et Gérard, incapables de vivre loin de cet excitant paysage de meubles, émigrèrent sur les trousses de Paul.

On revivait. On dressa les camps. On profita des flaques de lune et d'ombre.

Au bout d'une semaine, des bouteilles thermos remplaçaient le café Charles et les paravents ne bâtissaient qu'une seule chambre, île déserte entourée de linoléum.

Depuis le malaise des deux chambres, se sentant de trop et mettant la mauvaise humeur de Paul et d'Élisabeth (mauvaise humeur sans aucune verve) sur le compte d'une atmosphère perdue, Agathe et Gérard sortaient souvent ensemble. Leur amitié profonde était celle des malades qui souffrent du même mal. Comme Gérard Élisabeth, Agathe situait Paul plus haut que terre. Tous deux aimaient, ne se plaignaient pas et jamais n'eussent osé formuler leur amour. De la base, la tête levée, ils adoraient les idoles ; Agathe le jeune homme de neige, Gérard la vierge de fer.

Jamais à l'un ni à l'autre l'idée ne serait venue de croire qu'ils pussent obtenir, e᷈ ᷈change de leur ferveur, autre chose que de la b.enveillance. Ils trouvaient admirable qu'on les tolérât, tremblaient d'alourdir le rêve fraternel et s'écartaient par délicatesse lorsqu'ils se croyaient en surcharge.

Élisabeth oubliait ses voitures. Le chauffeur les lui rappelait. Ce fut un soir où elle avait emmené Gérard et Agathe en promenade, que Paul, resté seul, emprisonné dans son attitude, fit la découverte de son amour.

Comme il regardait jusqu'au vertige le faux portrait d'Agathe, cette découverte le pétrifia. Elle lui creva les yeux. Il ressemblait aux personnes qui distinguent les lettres d'un monogramme et ne peuvent plus voir les lignes insignifiantes que ces lettres paraissent entrelacer d'abord.

Les paravents, comme une loge d'actrice, arboraient les magazines déchirés de la rue Montmartre. Pareils aux marais chinois où les lotus s'ouvrent à l'aube avec un bruit immense de baisers, ils épanouirent d'un coup les visages de leurs assassins et de leurs actrices. Le type de Paul surgissait, multiplié par un palais de miroirs. Il débutait par Dargelos, s'affirmait à travers les moindres filles choisies dans l'ombre, accordait les têtes des cloisons légères, se purifiait sur Agathe. Que de préparatifs, d'ébauches, de retouches avant l'amour ! Lui qui se croyait victime d'une coïncidence entre la jeune fille et l'écolier sut combien le sort visite ses armes, sa lenteur à viser et à trouver le cœur.

Et le goût secret de Paul, son goût d'un type spécial n'avait joué ici aucun rôle, car le sort, entre mille jeunes filles, avait fait d'Agathe la compagne d'Élisabeth. Il fallait donc remonter au suicide par le gaz pour chercher les responsables.

Paul s'émerveilla de cette rencontre et sans doute sa surprise eût-elle été sans bornes si sa brusque clairvoyance ne s'était pas limitée à son amour. Il aurait alors remarqué comment le sort travaille, imitant lentement la navette des dentellières, nous criblant d'épingles et nous maintenant sur ses genoux, comme leur coussin.

De cette chambre si peu faite pour s'organiser, pour se stabiliser, Paul rêvait son amour et n'y associa d'abord Agathe sous aucune forme terrestre. Il s'exaltait seul. Brusquement il vit dans la glace son visage détendu et il eut honte de la figure renfrognée que sa sottise lui avait faite. Il avait voulu rendre le mal pour le mal. Or, son mal devenait un bien. Il allait rendre le bien pour le bien au plus vite. En serait-il capable ? Il aimait ; cela ne signifiait pas que cet amour fût réciproque et qu'il pût jamais le devenir.

À cent lieues de s'imaginer inspirant du respect, le respect d'Agathe venait même de lui apparaître comme une aversion. Sa souffrance à cette idée ne présentait plus aucun rapport avec la sourde souffrance qu'il croyait tenir de son orgueil. Elle l'envahissait, le harcelait, exigeait une réponse. Elle n'avait rien d'immobile ; il fallait agir, chercher ce qu'il convenait de faire. Jamais il n'oserait parler. Du reste, où parler ? Les rites de la religion commune, ses schismes, rendaient une intrigue très difficile et leur genre de vie confuse comportait si peu certaines choses spéciales dites à certaines dates spéciales, qu'il risquait de parler sans que ses paroles fussent prises au sérieux.

Il combina d'écrire. Une pierre était tombée et venait de rider le calme ; une seconde pierre entraînerait d'autres conséquences qu'il ne savait prévoir mais qui décideraient à sa place. Cette lettre (un pneumatique) deviendrait la proie du hasard. Elle tomberait soit au milieu du groupe, soit chez Agathe seule et agirait selon.

Il dissimulerait son désarroi, feindrait de bouder jusqu'au lendemain, en profiterait pour écrire et pour ne pas exhiber une figure rouge.

Cette tactique énerva Élisabeth et démoralisa la pauvre Agathe. Elle crut que Paul l'avait prise en grippe et la fuyait. Le lendemain, elle se fit porter malade, se coucha et dîna dans sa chambre.

Après un dîner lugubre en tête-à-tête avec Gérard, Élisabeth le dépêcha auprès de Paul, le supplia d'essayer d'entrer, de le cuisiner, d'apprendre ce qu'il leur reprochait, pendant qu'elle soignerait le rhume d'Agathe.

Elle la trouva en larmes, à plat ventre, la figure dans son oreiller. Élisabeth était pâle. Le malaise de la maison mettait en éveil certaines couches dormantes de son âme. Elle flairait un mystère et se demandait lequel. Sa curiosité ne connaissait plus de bornes. Elle dorlota la malheureuse, la berça, la confessa.

— Je l'aime, je l'adore, il me méprise, sanglotait Agathe.

C'était donc de l'amour. Élisabeth sourit :

— En voilà une petite folle, s'écria-t-elle, comprenant qu'Agathe parlait de Gérard ; je voudrais bien savoir de quel droit il te méprise. Est-ce qu'il te l'a dit ? Non ! Alors ? Il en a une chance, cet imbécile ! Si tu l'aimes, il faut qu'il t'épouse, il faut l'épouser.

Agathe fondait, rassurée, anesthésiée par la simplicité de cette sœur, par l'inconcevable dénouement qu'Élisabeth proposait au lieu de se moquer d'elle.

— Lise... murmurait-elle, contre l'épaule de la jeune veuve, Lise, tu es bonne, tu es si bonne... mais il ne m'aime pas.

— Tu en es sûre ?

— C'est impossible...

— Tu sais, Gérard est un garçon timide...

Et elle continuait, berçant, cajolant, l'épaule inondée, lorsque Agathe se redressa :

— Mais... Lise... il ne s'agissait pas de Gérard. Je parle de Paul !

Élisabeth se leva. Agathe bégayait :

— Pardonne... pardonne-moi...

Élisabeth, les yeux fixes, les mains pendantes, se sentait sombrer debout comme dans la chambre de l'infirme et comme elle avait vu jadis se substituer à sa mère une morte qui n'était pas sa mère, elle regardait Agathe, voyant à la place de cette petite fille en larmes une sombre Athalie, une voleuse qui s'était introduite dans la maison.

Elle voulait savoir ; elle se maîtrisa. Elle vint s'installer au bord du lit.

— Paul ! c'est confondant. Jamais je ne me serais doutée...

Elle prenait une voix gentille.

— En voilà une surprise ! C'est si drôle. C'est confondant. Raconte, raconte vite.

Et de nouveau elle enlaçait, berçait, apprivoisait les confidences, amenait par ruse à la lumière le troupeau de sentiments obscurs.

Agathe séchait ses larmes, se mouchait, se laissait bercer, convaincre. Elle vidait son cœur et se livrait auprès d'Élisabeth à des aveux qu'elle n'eût jamais osé se formuler à elle-même.

Élisabeth écoutait se peindre cet humble, ce sublime amour, et la petite qui parlait contre le cou et l'épaule de la sœur de Paul aurait été stupéfaite de voir, au-dessus de la main machinale qui lui caressait les cheveux, un visage de juge impitoyable.

Élisabeth quitta le lit. Elle souriait :

— Écoute, dit-elle, repose-toi, calme-toi. C'est très simple, je vais consulter Paul.

Agathe se souleva, terrifiée.

— Non, non, qu'il ne se doute de rien ! Je t'en conjure ! Lise, Lise, ne lui raconte pas...

— Laisse, ma chérie. Tu aimes Paul. Si Paul t'aime, tout est pour le mieux. Je ne te vendrai pas, sois tranquille. Je l'interrogerai sans en avoir l'air et je saurai. Aie confiance, dors ; ne bouge pas de ta chambre.

Élisabeth descendit les marches. Elle portait un peignoir éponge attaché à la ceinture par une cravate. Ce peignoir pendait et la gênait. Mais elle descendait par machine, habitée d'un mécanisme dont elle n'entendait que la rumeur. Ce mécanisme la manœuvrait, empêchait le bord du peignoir de se mettre sous ses sandales, lui commandait de prendre à droite, à gauche, lui faisait ouvrir, fermer les portes. Elle se sentait un automate, remonté pour un certain nombre d'actes et qui devrait les accomplir à moins de se briser en route. Son cœur battait à coups de hache, ses oreilles tintaient, elle ne pensait aucune pensée conforme à ce pas actif. Les rêves font entendre de ces pas lourds qui approchent et qui pensent, nous donnent une démarche plus légère que le vol, combinent ce poids de statue et l'aisance des plongeurs sous l'eau.

Élisabeth, lourde, légère, volante, comme si son peignoir eût environné ses chevilles du bouillonnement qui indique chez les primitifs les personnages surnaturels, suivait les couloirs, la tête vide. Cette tête n'abritait que la rumeur vague et sa poitrine que les coups réguliers du bûcheron.

Dès lors la jeune femme ne devait plus s'interrompre. Le génie de la chambre se substituait à elle, la doublait comme n'importe quel génie s'emparant d'un homme d'affaires lui dicte les ordres qui empêchent la faillite, d'un marin les gestes qui sauvent le navire, d'un criminel les paroles qui établissent un alibi.

Cette course la mena devant le petit escalier qui conduisait à la salle déserte. Gérard en sortait.

— J'allais te chercher, dit-il. Paul est étrange. Il voulait que je te cherche. Comment va la malade ?

— Elle a la migraine, elle demande qu'on la laisse dormir.

— Je montais chez elle...

— N'y monte pas. Elle repose. Va dans ma

chambre. Attends-moi dans ma chambre pendant que je verrai Paul.

Sûre de l'obéissance passive de Gérard, Élisabeth entra. L'ancienne Élisabeth se réveilla une seconde, contempla les jeux irréels de la fausse lune, de la fausse neige, le linoléum miroitant, les meubles perdus qui s'y reflétaient et, au centre, la ville chinoise, l'enceinte sacrée, les hautes murailles souples qui gardaient la chambre.

Elle les contourna, écarta une feuille et trouva Paul assis par terre, le buste et la nuque appuyés contre ses couvertures ; il pleurait. Ses larmes n'étaient plus celles qu'il versait sur l'amitié détruite et ne ressemblaient pas aux larmes d'Agathe. Elles se formaient entre les cils, grossissaient, débordaient et coulaient à longs intervalles, rejoignant après un détour la bouche entrouverte où elles s'arrêtaient et d'où elles repartaient comme d'autres larmes.

Paul attendait du pneumatique un résultat violent. Agathe ne pouvait pas ne pas l'avoir reçu. Ce coup nul, cette attente le tuaient. Les promesses qu'il s'était faites de prudence, de silence, l'abandonnèrent. Il voulait savoir, coûte que coûte. L'incertitude devenait intolérable. Élisabeth sortait de chez Agathe ; il l'interrogea.

— Quel pneumatique ?

Élisabeth, livrée à ses propres moyens, aurait sans doute engagé une dispute et les injures l'eussent vite distraite, avertissant Paul de se taire, de répondre, de crier plus fort. Mais en face d'un tribunal et d'un tribunal tendre, il avoua. Il avoua sa découverte, sa maladresse, son pneumatique, et supplia sa sœur de lui dire si Agathe le repoussait.

Ces coups successifs ne provoquaient chez l'automate que les déclenchements qui variaient ses

directives. Élisabeth s'épouvanta de ce pneumatique. Agathe savait-elle et l'avait-elle bernée ?
Avait-elle oublié d'ouvrir un pneumatique et,
reconnaissant l'écriture, était-elle en train de l'ouvrir ? Allait-elle apparaître ?

— Une minute, fit-elle, mon chéri. Attends-moi,
j'ai des choses sérieuses à te dire. Agathe ne m'a
pas parlé de ton pneumatique. Un pneumatique ne
s'envole pas. Il faut que ce pneumatique se
retrouve. Je remonte ; je reviens dans un instant.

Elle se sauva, et se rappelant les plaintes
d'Agathe, elle se demanda si le pneumatique
n'avait pas été déposé dans le vestibule. Personne
n'était sorti. Gérard ne regardait pas les lettres. Si
on l'avait laissé en bas, il se pouvait qu'il y fût
encore.

Il y était. L'enveloppe jaune froissée, incurvée,
imitait une feuille morte, mise sur un plateau.

Elle alluma. C'était l'écriture de Paul, une grosse
écriture de mauvais élève, mais l'enveloppe portait
sa propre adresse. Paul écrivait à Paul ! Élisabeth
déchira l'enveloppe.

Cette maison ignorait le papier à lettres ; on
écrivait sur n'importe quoi. Elle déplia une feuille
quadrillée, un papier de lettre anonyme.

*Agathe, ne te fâche pas, je t'aime. J'étais un idiot.
Je croyais que tu me voulais du mal. J'ai découvert
que je t'aime et que si tu ne m'aimes pas, j'en
mourrai. Je te demande à genoux de me répondre.
Je souffre. Je ne bougerai pas de la galerie.*

Élisabeth tira un peu la langue, haussa les
épaules. L'adresse étant pareille, Paul, bouleversé,
pressé, avait écrit son propre nom sur l'enveloppe.

Elle connaissait ses méthodes. On ne le changerait pas.

En admettant que le pneumatique, au lieu de végéter dans le vestibule, fût revenu comme un cerceau entre les mains de Paul, il se serait découragé de ce retour jusqu'à déchirer la feuille et à perdre espoir. Elle lui épargnerait les suites fâcheuses de sa distraction.

Elle alla dans le cabinet de toilette du vestiaire, déchira le pneumatique et en fit disparaître les traces.

Retournée auprès du malheureux, elle raconta qu'elle venait de la chambre d'Agathe, qu'Agathe dormait et que le pneumatique traînait sur la commode : une enveloppe jaune d'où s'échappait une feuille de papier de cuisine. Elle avait reconnu cette enveloppe à cause d'une liasse d'enveloppes pareilles sur la table de Paul.

— Elle ne t'en avait pas ouvert la bouche ?

— Non. Je voudrais même qu'elle n'apprenne jamais que je l'ai vu. Et surtout il ne faut rien lui demander. Elle répondrait qu'elle ne se doute pas de ce que nous voulons dire.

Paul ne s'était pas représenté quel dénouement apporterait la lettre. Son désir l'inclinait vers des perspectives de réussite. Il ne s'attendait pas à ce gouffre, à ce trou. Ses larmes coulaient sur sa figure droite. Élisabeth consolait, détaillait une scène où la petite lui aurait confié l'amour qu'elle portait à Gérard, l'amour de Gérard, leurs projets de mariage.

— C'est étrange, insistait-elle, que Gérard ne t'en ait pas parlé. Moi je l'intimide, je l'hypnotise. Toi, c'est autre chose. Il a supposé que tu te moquerais d'eux.

Paul se taisait, buvait l'amertume de cette inconcevable révélation. Élisabeth développait sa thèse. Paul était fou ! Agathe était une petite fille simple et Gérard un brave garçon. Ils étaient faits l'un pour l'autre. L'oncle de Gérard devenait vieux. Gérard serait riche, libre, épouserait Agathe et fonderait une famille bourgeoise. Leur chance ne présentait aucun obstacle. Il serait atroce, criminel, oui criminel, de se mettre en travers, de susciter un drame, de troubler Agathe, de désespérer Gérard, d'empoisonner leur avenir. Paul ne le pouvait pas. Il agissait sous l'influence d'un caprice. Il réfléchirait, comprendrait qu'un caprice ne se levait pas contre un amour partagé.

Une heure elle parla, parla, plaida la cause juste. Elle s'exaltait, se prenait à la plaidoirie. Elle sanglotait. Paul baissait la tête, admettait, s'abandonnait entre ses mains. Il promit de se taire et de montrer bonne figure au jeune couple lorsqu'il lui apprendrait la nouvelle. Le silence d'Agathe au sujet du pneumatique prouvait sa décision d'oublier, de traiter la lettre en caprice, de ne pas garder rancune. Mais, après cette lettre, il pourrait subsister une gêne que Gérard constaterait avec surprise. Les fiançailles arrangeraient les choses, distrairaient le couple, ensuite un voyage de noces balayerait cette gêne définitivement.

Élisabeth sécha les larmes de Paul, l'embrassa, le borda et quitta l'enceinte. Il fallait poursuivre sa tâche. L'instinct savait en elle que les meurtriers frappent coup sur coup, ne peuvent pas reprendre haleine. Araignée nocturne, elle continuait sa course, traînant son fil, étoilant son piège de tous les côtés de la nuit, lourde, légère, infatigable.

Elle trouva Gérard chez elle. Il se morfondait :

— Eh bien ? s'écria-t-il.

Élisabeth le rabroua.

— Tu ne perdras donc jamais cette habitude de crier. Tu ne peux pas parler sans crier. Eh bien, Paul est malade. Il est trop bête pour s'en apercevoir tout seul. Il n'y a qu'à regarder ses yeux, sa langue. Il a de la fièvre. Le médecin décidera si c'est une grippe ou une rechute. Moi je lui ordonne de garder le lit et de ne pas te voir. Tu coucheras dans sa chambre...

— Non, je file.

— Reste. J'ai à te parler.

Élisabeth avait une voix grave. Elle le fit asseoir, marcha de long en large et lui demanda ce qu'il comptait faire vis-à-vis d'Agathe.

— Faire pourquoi ? demanda-t-il.

— Comment pourquoi ? et, d'une voix sèche, impérieuse, elle lui demanda s'il se payait sa tête et s'il ne savait pas qu'Agathe l'aimait, espérait une demande en mariage, ne s'expliquait pas son silence.

Gérard ouvrait des yeux stupides. Les bras lui tombaient :

— Agathe... balbutiait-il... Agathe...

— Oui, Agathe ! lança Élisabeth avec fougue.

Il était trop aveugle, à la fin. Ses promenades avec Agathe auraient dû l'éclairer. Et peu à peu elle transformait la confiance de la jeune fille en amour, datait, prouvait, ébranlait Gérard d'une foule de preuves. Elle ajouta qu'Agathe souffrait, s'imaginait qu'il aimait Élisabeth, ce qui serait comique et ce que de toute façon sa fortune, à elle Élisabeth, rendrait insoluble.

Gérard souhaita disparaître dans une trappe. La vulgarité de ce reproche était si peu du style d'Élisabeth, inconsciente des problèmes pécuniaires, qu'il en ressentait un trouble atroce. Elle profita de ce trouble pour l'achever et, frappant de grands coups sur sa tête, le somma de ne plus la regarder d'un œil languide, d'épouser Agathe et de ne jamais divulguer son rôle de pacificatrice. L'aveuglement de Gérard l'obligeait seul à jouer ce rôle et elle ne supporterait pas pour un empire qu'Agathe pût croire qu'elle lui devait son bonheur.

— Allons, termina-t-elle, voilà du bon travail. Couche-toi, je vais chez Agathe lui annoncer la nouvelle. Tu l'aimes. La folie des grandeurs te grisait. Réveille-toi. Félicite-toi. Embrasse-moi et avoue que tu es l'homme le plus heureux du monde.

Gérard, éberlué, entraîné, avoua ce que commandait la jeune femme. Elle l'enferma et, continuant sa toile, monta chez Agathe.

De toutes les victimes d'un meurtre, il arrive qu'une jeune fille offre le plus de résistance.

Agathe chancelait sous les coups et ne cédait pas. Enfin, terrassée de fatigue, après une lutte éperdue où Élisabeth lui expliquait que Paul était incapable d'amour, qu'il ne l'aimait pas parce qu'il n'aimait personne, qu'il se détruisait lui-même et que ce monstre d'égoïsme causerait la perte d'une femme crédule ; que, par ailleurs, Gérard était une âme d'élite, honnête, éprise, capable d'assurer un avenir, la jeune fille resserra l'étreinte qui l'accrochait à son rêve. Élisabeth la regardait pendre hors des draps, les mèches collées, le visage à la renverse, une main contre sa blessure, l'autre tombée par terre comme un caillou.

Elle la releva, la poudra, lui jura que Paul ne se doutait pas de ses aveux et qu'il suffisait qu'Agathe lui annonce gaiement son mariage avec Gérard pour que jamais il ne s'en doute.

— Merci... merci... tu es bonne... hoquetait la malheureuse.

— Ne me remercie pas, dors, dit Élisabeth ; et elle quitta la chambre.

Elle s'arrêta une seconde. Elle se sentait calme, inhumaine, déchargée d'un fardeau. Elle allait arriver en bas des marches, lorsque son cœur recommença de battre. Elle entendait quelque chose. Et comme elle soulevait le pied, elle vit Paul qui approchait.

Sa longue robe blanche éclairait l'ombre. Tout de suite Élisabeth reconnut qu'il marchait en proie à une des petites crises de somnambulisme fréquentes rue Montmartre et que déterminait toujours un désagrément. Elle s'appuyait à la rampe, gardant le pied suspendu, n'osant bouger d'une ligne, de peur que Paul se réveillât, ne l'interrogeât au sujet d'Agathe. Mais il ne la voyait pas. Son regard ne se posait pas plus sur cette femme volante que sur quelque lampadaire ; il regardait l'escalier. Élisabeth redoutait le tumulte de son cœur, le bûcheron qui cognait et devait s'entendre.

Après une courte halte, Paul rebroussa chemin. Elle posa son pied engourdi, l'écouta qui s'éloignait vers le calme. Ensuite, elle regagna sa chambre.

La chambre voisine se taisait. Gérard dormait-il ? Elle resta debout devant la toilette. La glace l'intriguait. Elle baissa les yeux et lava ses mains effrayantes.

14

L'oncle se sentant fort malade, les fiançailles et le mariage se précipitèrent dans une bonne humeur factice, chacun jouant un rôle et rivalisant de générosité. Un silence mortel pesait en marge des cérémonies intimes où Paul, Gérard, Agathe, trop joyeux, accablaient Élisabeth. Elle avait beau penser que sa poigne industrieuse les sauvait d'un sinistre, que grâce à elle, Agathe ne serait plus victime du désordre de Paul, ni Paul de l'infériorité d'Agathe ; elle avait beau se répéter : Gérard et Agathe sont du même niveau, ils se cherchaient à travers nous, dans un an ils auront un enfant, ils béniront les circonstances ; elle avait beau oublier les démarches de la nuit farouche comme au sortir d'un sommeil pathologique, beau les prendre pour la mise en œuvre d'une sagesse protectrice, elle n'en sentait pas moins du trouble en face des malheureux et une crainte de les laisser tous les trois ensemble.

De chacun elle était sûre. Leur délicatesse la garantissait contre une confrontation des faits qu'ils risqueraient de prendre mal et d'attribuer à la malveillance. Quelle malveillance ? Malveillance pourquoi ? Malveillance pour quel motif ? Élisabeth se rassurait en s'interrogeant et en ne trouvant aucune réponse. Elle aimait ces malheureux-là. C'est par intérêt, par passion qu'elle en avait fait ses victimes. Elle les survolait, les aidait, les sortait malgré eux d'un embarras dont l'avenir leur fournirait la preuve. Cette dure besogne avait coûté cher à son cœur. Il le fallait. Il le fallait.

— Il le fallait, ressassait Élisabeth, comme d'une dangereuse intervention chirurgicale. Son couteau devenait un scalpel. Il avait fallu se décider la nuit même, endormir et opérer. Elle se complimentait des suites. Mais un rire d'Agathe la précipitant du rêve, elle retombait à table, entendait ce rire faux, voyait la mauvaise mine de Paul, la grimace aimable de Gérard et retournait à ses doutes, chassait des épouvantes, des détails implacables, les fantômes de la fameuse nuit.

Le voyage de noces laissa le frère et la sœur en tête-à-tête. Paul dépérissait. Élisabeth partageait l'enceinte, le veillait, le soignait nuit et jour. Le médecin ne comprenait pas cette rechute d'un mal dont il ne connaissait pas les symptômes. La chambre en paravents le consternait ; il aurait voulu remettre Paul dans une pièce confortable. Paul s'y opposa. Il vivait enveloppé de linges informes. L'andrinople rabattait la lumière sur une Élisabeth assise, les joues dans les mains, les yeux fixes, ravagée de sombre sollicitude. L'étoffe rouge colorait la face du malade, illusionnait Élisabeth comme le reflet des pompes avait illusionné Gérard, rassurait cette nature qui ne se nourrissait plus que de mensonges.

La mort de l'oncle rappela Gérard et Agathe. Ils

s'installèrent rue Laffitte, malgré l'instance d'Élisabeth, qui leur cédait un étage. Elle en augura que le couple s'entendait, réussissait un bonheur médiocre (le seul dont il était digne) et craignait dorénavant l'atmosphère indisciplinée de l'hôtel. Paul redoutait qu'ils acceptassent. Il respira lorsque Élisabeth lui apprit leur décision :

— Ils trouvent que notre genre risque de gâcher leur existence. Gérard ne me l'a pas envoyé dire. Il craint notre exemple pour Agathe. Je t'affirme que je n'invente rien. Il est devenu son oncle. Je l'écoutais, stupéfaite. Je me demandais s'il jouait une pièce, s'il se rendait compte de son ridicule.

De temps en temps le ménage déjeunait ou dînait à l'Étoile. Paul se levait, montait dans la salle à manger et la contrainte recommençait sous le regard de Mariette, un regard triste de Bretonne qui flaire le malheur.

15

Un matin, on allait se mettre à table.

— Devine qui j'ai rencontré ?

Gérard interpellait gaiement Paul qui ébaucha une moue interrogative.

— Dargelos !

— Non ?

— Si, mon vieux, Dargelos !

Gérard traversait une rue. Dargelos avait manqué de l'écraser en pilotant une petite voiture. Il s'était arrêté ; il savait déjà l'héritage et que Gérard dirigeait les usines de son oncle. Il voulait en visiter une. Il ne perdait pas le nord.

Paul demanda s'il était changé.

— Pareil, un peu plus pâle... On jurerait un frère d'Agathe. Et il ne vous traitait plus de haut. Il était très, très aimable. Il faisait la navette entre l'Indochine et la France. Il représentait une marque de voiture. Il avait mené Gérard dans sa chambre d'hôtel et lui avait demandé s'il fréquentait Boule de neige... enfin, le type de la boule de neige... c'était Paul.

— Et alors ?

— Je lui ai répondu que je te voyais. Il m'a

demandé : « Est-ce qu'il aime toujours le poison ? »

— Le poison ?

Agathe sursautait, ahurie.

— Bien sûr, s'écria Paul, agressif. Le poison, c'est merveilleux. En classe, je rêvais d'avoir du poison (il eût été plus exact de dire : Dargelos rêvait de poisons et je copiais Dargelos).

Agathe demanda pour quoi faire.

— Pour rien, répondit Paul, pour en avoir, pour avoir du poison. C'est merveilleux ! J'aimerais avoir du poison comme j'aimerais avoir un basilic, une mandragore, comme j'ai un revolver. C'est là, on sait que c'est là, on le regarde. C'est du poison. C'est merveilleux !

Élisabeth approuva. Elle approuva contre Agathe et par esprit de chambre. Elle aimait beaucoup le poison. Rue Montmartre, elle fabriquait de faux poisons, cachetait des fioles, collait des étiquettes macabres, inventait des noms ténébreux.

— Quelle horreur ! Gérard, ils sont fous ! Vous finirez en cour d'assises.

Cette révolte bourgeoise d'Agathe ravissait Élisabeth, illustrait l'attitude qu'elle prêtait au jeune ménage, annulant l'indélicatesse de l'avoir imaginée. Elle cligna de l'œil vers Paul.

— Dargelos, continua Gérard, m'a sorti des poisons de la Chine, de l'Inde, des Antilles, du Mexique, des poisons de flèches, des poisons de tortures, des poisons de vengeance, des poisons de sacrifices. Il riait. « Raconte à Boule de neige que je n'ai pas changé depuis le bahut. Je voulais collectionner des poisons, je les collectionne. Tiens, porte-lui ce joujou. »

Gérard tira de sa poche un petit paquet enve-

110

loppé dans du papier journal. Paul et sa sœur crevaient d'impatience. Agathe restait à l'autre bout de la pièce.

Ils ouvrirent le journal. Il contenait, revêtue d'un de ces papiers de Chine, qui se déchirent comme l'ouate, une boule sombre de la grosseur du poing. Une entaille montrait une plaie brillante, rougeâtre. Le reste était terreux, d'une manière de truffe, répandant tantôt un arôme de motte fraîche, tantôt une odeur puissante d'oignon et d'essence de géranium.

Tous se taisaient. Cette boule imposait le silence. Elle fascinait et répugnait à la manière d'un nœud de serpents qu'on croit formé d'un seul reptile et où l'on découvre plusieurs têtes. Il émanait d'elle un prestige de mort.

— C'est une drogue, dit Paul. Il se drogue. Il ne donnerait pas du poison.

Il avançait la main.

— N'y touche pas ! (Gérard l'arrêta.) Poison ou drogue, Dargelos te l'offre, mais te recommande surtout de ne pas y toucher. Du reste, tu es trop inconscient ; je ne te laisserais cette saleté pour rien au monde.

Paul se fâcha. Il adoptait le thème d'Élisabeth. Gérard se couvrait de ridicule, se croyait son oncle, etc...

— Inconscient ? ricanait Élisabeth. Vous allez voir !

Elle empoigna la boule avec le journal et se mit à poursuivre son frère autour de la table. Elle criait :

— Mange, mange.

Agathe se sauvait, Paul bondissait, se cachait la figure.

— Voyez quelle inconscience ! quel héroïsme ! raillait Élisabeth haletante.

Paul riposta :

— Idiote, mange toi-même.

— Merci. Je mourrais. Tu serais trop heureux. Je vais mettre *notre* poison dans le trésor.

— L'odeur est envahissante, dit Gérard. Cachez-le dans une boîte de fer.

Élisabeth enveloppa la boule, l'enfonça dans une vieille boîte de biscuits secs et disparut. Arrivée à la commode du trésor sur laquelle traînaient le revolver, le buste aux moustaches, les livres, elle l'ouvrit et plaça la boîte sur Dargelos. Elle la plaça soigneusement, lentement, la langue un peu tirée, avec les poses d'une femme qui envoûte, qui enfonce une épingle dans une figurine de cire.

Paul se revoyait en classe, singeant Dargelos, ne parlant que de sauvages, de flèches empoisonnées, projetant pour l'éblouir un massacre par un système de poison sur la gomme des timbres-poste, flattant un monstre, ne réfléchissant pas une minute que le poison tuait. Dargelos haussait les épaules, se détournait, le traitait de fille incapable.

Dargelos n'avait pas oublié cet esclave qui buvait ses paroles et maintenant il couronnait ses railleries.

La présence de la boule exalta beaucoup le frère et la sœur. La chambre s'enrichissait d'une force occulte. Elle devenait une bombe vivante de la révolte des équipages, une de ces jeunes Russes dont les poitrines étaient une étoile de foudre et d'amour.

En outre, Paul se félicitait d'afficher l'insolite

auquel Gérard (d'après Élisabeth) prétendait soustraire Agathe, et de braver Agathe.

Élisabeth se félicitait, elle, de voir le Paul de jadis accueillant l'insolite, le péril, et conservant le sens du trésor.

Cette boule lui symbolisait le contrepoids d'une atmosphère mesquine, lui faisait espérer une chute progressive du règne d'Agathe.

Mais un fétiche ne suffisait point à guérir Paul. Il s'étiolait, maigrissait, perdait l'appétit, traînait une langueur insipide.

16

Le dimanche, l'hôtel avait conservé l'habitude anglo-saxonne de donner congé à toute la maison. Mariette préparait les thermos, les sandwiches et sortait avec sa compagne. Le chauffeur, qui les aidait pour les nettoyages, enlevait une des automobiles et chargeait la clientèle de rencontre.

Ce dimanche-là il neigeait. Sur l'ordre du médecin, Élisabeth, rideaux tirés, se reposait dans sa chambre. Il était cinq heures et Paul somnolait depuis midi. Il avait supplié sa sœur de le laisser seul, de remonter chez elle, d'obéir au médecin. Élisabeth dormait et faisait ce rêve : Paul était mort. Elle traversait une forêt pareille à la galerie, car, entre les arbres, l'éclairage tombait de hautes vitres séparées par de l'ombre. Elle voyait le billard, des chaises, des tables meublant une clairière, et elle pensait : « Il faut que j'atteigne le morne ». Dans ce rêve, *le morne* devenait le nom du billard. Elle marchait, voletait, ne parvenait pas à l'atteindre. Elle se couchait de fatigue, s'endormait. Soudain Paul la réveillait.

— Paul, s'écriait-elle, oh ! Paul, tu n'es donc pas mort ?

Et Paul répondait :

— Si, je suis mort, mais tu viens de mourir ; c'est pourquoi tu peux me voir et nous vivrons toujours ensemble.

Ils repartaient. Après une longue marche, ils atteignirent le morne.

— Écoute, dit Paul (il posait le doigt sur le marqueur automatique), *Écoute la sonnette d'adieux*. Le marqueur marquait à toute vitesse, emplissait la clairière d'un crépitement de télégraphe...

Élisabeth se retrouva inondée de transpiration, hagarde, assise sur son lit. Une sonnette carillonnait. Elle pensa que l'hôtel était sans domestiques. Sous l'influence du cauchemar, elle descendit les étages. Une rafale blanche jeta dans le vestibule Agathe échevelée, criant :

— Et Paul ?

Élisabeth se retrouvait, se décollait du rêve.

— Quoi, Paul ? dit-elle. Qu'est-ce que tu as ? Il voulait rester seul. Je suppose qu'il dort comme d'habitude.

— Vite, vite, haletait la visiteuse, courons, il m'a écrit qu'il s'empoisonnait, que j'arriverais trop tard, qu'il t'éloignerait de sa chambre.

Mariette avait déposé la lettre chez Gérard à quatre heures.

Agathe bousculait Élisabeth pétrifiée, se demandant si elle dormait encore, si c'était la suite de son rêve. Enfin, les deux jeunes femmes coururent.

Les arbres blancs, les rafales continuaient dans la galerie le sommeil d'Élisabeth et là-bas le billard restait *le morne*, un vestige de tremblement de terre que la réalité ne parvenait pas à sortir du cauchemar.

— Paul, Paul ! Réponds-nous ! Paul !

L'enceinte luisante se taisait. Il en sortait une pestilence. À peine entré, on découvrait le désastre. Un arôme funèbre, cet arôme noir, rougeâtre de truffe, d'oignon, de géranium que reconnaissaient les jeunes femmes, emplissait la chambre et gagnait la galerie. Paul gisait, portant le même peignoir éponge que sa sœur, les prunelles dilatées, la tête méconnaissable. L'éclairage neigeux qui venait par le haut, respirant selon les rafales, bougeait les places d'ombre sur un masque livide où le nez et les pommettes accrochaient seuls la lumière.

Sur la chaise, le reste de la boule de poison, une carafe, la photographie de Dargelos, voisinaient, pêle-mêle.

Les mises en scène d'un vrai drame ne ressemblent en rien de ce qu'on imagine. Leur simplicité, leur grandeur, leurs détails bizarres nous confondent. Les jeunes femmes furent d'abord interdites. Il fallait admettre, accepter l'impossible, identifier un Paul inconnu.

Agathe se précipita, s'agenouilla, constata qu'il respirait. Elle entrevit un espoir.

— Lise, suppliait-elle, ne reste pas immobile, rhabille-toi, il est possible que cette chose atroce soit une drogue, une drogue inoffensive. Cherche les thermos, cours appeler le médecin.

— Le médecin est à la chasse... balbutia la malheureuse ; c'est dimanche, il n'y a personne... personne.

— Cherche la thermos, vite ! vite ! Il respire, il est glacé. Il faut une boule, il faut qu'il boive du café bouillant !

Élisabeth s'étonnait de la présence d'esprit d'Agathe. Comment pouvait-elle toucher Paul, parler, se démener ? Comment savait-elle qu'il

117

fallait une boule ? Comment opposait-elle des forces raisonnables à cette fatalité de neige et de mort ?

Brusquement elle se secoua. Les bouteilles thermos étaient dans sa chambre.

— Couvre-le ! lança-t-elle de l'autre côté de l'enceinte.

Paul respirait. Après quatre heures de phénomènes qui lui firent se demander si ce poison était une drogue et si cette drogue à une dose massive suffirait à le tuer, il dépassait les stades angoissants. Ses membres n'existaient plus. Il flottait, retrouvait presque son vieux bien-être. Mais une sécheresse interne, une complète absence de salive lui boisaient la gorge, la langue, provoquaient sur les endroits de la peau restés sensibles une impression de mat insupportable. Il avait essayé de boire. Son geste déraillait, cherchait la carafe ailleurs que sur la chaise, et bientôt ses jambes, ses bras se paralysant, il ne bougea plus.

Chaque fois qu'il fermait les yeux, il retrouvait le même spectacle : une tête géante de bélier à chevelure grise de femme, des soldats morts, les yeux crevés, qui tournaient lentement et de plus en plus vite, raides, au port d'armes, autour de branches d'arbres où, par une courroie, leurs pieds étaient maintenus. Son cœur communiquait ses bonds aux ressorts du lit et en tiraient une musique. Ses bras devenaient les branches des arbres ; leur écorce se couvrait de grosses veines, les soldats tournaient autour de ces branches et le spectacle recommençait.

Une faiblesse de syncope ressuscitait l'ancienne neige, la voiture, le jeu, lorsque Gérard le ramena rue Montmartre. Agathe sanglotait :

— Paul ! Paul ! regarde-moi, parle-moi...

Un goût âcre lui tapissait la bouche.

— Boire... prononça-t-il.

Ses lèvres collaient, claquaient.

— Attends un peu... Élisabeth rapporte les thermos. Elle chauffe une bouillotte.

Il recommença :

— Boire...

Il voulait de l'eau. Agathe lui mouilla les lèvres. Elle le suppliait de parler, d'expliquer sa folie et la lettre qu'elle sortait de son sac et la lui montrait.

— C'est ta faute, Agathe...

— Ma faute ?

Alors Paul s'expliqua, détachant les syllabes, chuchotant, déballant toute la vérité. Agathe l'interrompait, s'exclamait, se justifiait. Le piège ouvert étalait ses tortueuses machines. Le moribond et la jeune femme le touchaient, le retournaient, déboîtaient un à un les rouages du mécanisme infernal. Une Élisabeth criminelle surgissait de leur dialogue, l'Élisabeth de la nuit des visites, la fourbe, l'opiniâtre Élisabeth.

Ils venaient de comprendre son œuvre et Agathe s'écriait :

— Il faut vivre !

Et Paul gémissait :

— Il est trop tard ! lorsque Élisabeth, talonnée par la crainte de les laisser longtemps seuls, revint avec la boule et la thermos. Un silence fabuleux céda la place à l'odeur noire. Élisabeth, tournant le dos, ne soupçonnait pas la découverte, remuait des boîtes, des fioles, cherchait un verre, le remplissait de café. Elle s'approcha de ses dupes. Leurs regards la saisirent. Une volonté féroce redressait le buste de Paul. Agathe le soutenait. Leurs figures jointes flamboyaient de haine :

— Paul, ne bois pas !

Ce cri d'Agathe arrêta le geste d'Élisabeth.

— Tu es folle, murmura-t-elle, on dirait que je veux l'empoisonner.

— Tu en serais capable.

Une mort s'ajoutait à la mort. Élisabeth chancela.

Elle essaya de répondre.

— Monstre ! Sale monstre !

Cette phrase terrible venant de Paul s'aggravait de ce qu'Élisabeth ne pensait point qu'il eût la force de parler et justifiait ses craintes d'un tête-à-tête.

— Sale monstre ! Sale monstre !

Paul continuait, râlait, la fusillait d'un regard bleu, d'un feu bleu ininterrompu, entre la fente des paupières. Des crampes, des tics torturaient sa belle bouche et la sécheresse qui tarissait la source des larmes communiquait au regard ces éclairs fébriles, une phosphorescence de loup.

La neige fouettait les vitrages. Élisabeth recula :

— Eh bien, oui, dit-elle, c'est vrai. J'étais jalouse. Je ne voulais pas te perdre. Je déteste Agathe. Je ne permettais pas qu'elle t'enlève de la maison.

L'aveu la grandissait, la drapait, lui arrachait son costume de ruses. Les boucles rejetées en arrière par la tourmente dénudaient le petit front féroce et le faisaient vaste, architectural au-dessus des yeux liquides. Seule contre tous avec la chambre, elle bravait Agathe, elle bravait Gérard, elle bravait Paul, elle bravait le monde entier.

Elle saisit le revolver sur la commode. Agathe hurlait :

— Elle va tirer ! Elle va me tuer ! et se cramponnait à Paul qui divaguait.

Élisabeth ne songeait guère à tirer sur cette

femme élégante. Elle avait empoigné le revolver d'un geste instinctif pour achever son attitude d'espionne acculée dans un coin et décidée à vendre chèrement sa peau.

En face d'une crise nerveuse, d'une agonie, elle perdait le bénéfice de sa bravade. La grandeur ne servait à rien.

Alors Agathe effarée voyait cette chose soudaine : une démente qui se disloque, s'approche de la glace, grimaçant, s'arrachant les cheveux, louchant, tirant la langue. Car, n'en pouvant plus d'une halte qui ne correspondait pas à sa tension interne, Élisabeth exprimait sa folie en une pantomime grotesque, essayait de rendre la vie impossible par un excès de ridicule, de reculer les bornes du vivable, d'arriver à la minute où le drame l'expulserait, ne la supporterait plus.

— Elle devient folle ! au secours ! continuait de hurler Agathe.

Ce mot de folle détourna Élisabeth de la glace, dompta son paroxysme. Elle se calma. Elle serrait l'arme et le vide entre ses mains tremblantes. Elle se dressait, la tête basse.

Elle savait que la chambre glissait vers sa fin sur une pente vertigineuse, mais cette fin traînait et il faudrait la vivre. La tension ne se relâchait pas, et elle comptait, elle calculait, multipliait, divisait, se rappelait des dates, des numéros d'immeubles, les additionnait ensemble, se trompait, recommençait. Tout à coup elle se souvint que le morne de son rêve sortait de *Paul et Virginie* où « morne » signifiait colline. Elle se demanda si le livre se passait à l'île de France. Les noms des îles remplacèrent les chiffres. Ile de France ; île Maurice ; île Saint-Louis. Elle récitait, embrouillait, mélangeait, obtenant un vide, un délire.

Son calme étonna Paul. Il ouvrit les yeux. Elle le regarda, rencontra des yeux qui s'éloignaient, qui s'enfonçaient, où une curiosité mystérieuse remplaçait la haine. Élisabeth, au contact de cette expression, eut un pressentiment de triomphe. L'instinct fraternel la soulevait. Sans quitter du regard ce regard nouveau, elle continua son travail inerte. Elle calculait, calculait récitait, et au fur et à mesure qu'elle augmentait le vide, elle devina que Paul s'hypnotisait, reconnaissait le jeu, revenait à la chambre légère.

Sa fièvre la rendait lucide. Elle découvrait les arcanes. Elle dirigeait les ombres. Ce qu'elle avait créé jusqu'alors sans le comprendre, travaillant à la mode des abeilles, aussi inconsciente de son mécanisme qu'un sujet de la Salpêtrière, elle le concevait, le provoquait, comme un paralytique se lève sous le coup d'un événement exceptionnel.

Paul la suivait, Paul venait ; c'était l'évidence. Sa certitude formait la base de son inconcevable travail cérébral. Elle continuait, continuait, continuait, charmant Paul par ses exercices. Déjà, elle en était sûre, il ne sentait plus Agathe s'accrocher à son cou, il n'entendait plus ses plaintes. Comment le frère et la sœur eussent-ils fait pour l'entendre ? Ses cris retentissent au-dessous de la gamme dont ils composent leur champ de mort. Ils montent, montent côte à côte. Élisabeth emporte sa proie. Sur les hauts patins des acteurs grecs, ils quittent l'enfer des Atrides. Déjà l'intelligence du tribunal divin ne suffirait pas ; ils ne peuvent compter que sur son génie. Encore quelques secondes de courage et ils aboutiront où les chairs se dissolvent, où les âmes s'épousent, où l'inceste ne rôde plus.

Agathe hurlait dans un autre lieu, à une autre

époque. Élisabeth et Paul s'en souciaient moins que des nobles secousses qui remuaient les vitres. L'éclairage dur de la lampe remplaçait le crépuscule, sauf du côté d'Élisabeth qui recevait la pourpre du lambeau rouge et s'y maintenait protégée, fabriquant le vide, halant Paul vers une ombre d'où elle observait en pleine lumière.

Le moribond s'exténuait. Il se tendait du côté d'Élisabeth, du côté de la neige, du jeu, de la chambre de leur enfance. Un fil de la Vierge le reliait à la vie, attachait une pensée diffuse à son corps de pierre. Il distinguait mal sa sœur, une longue personne criant son nom. Car Élisabeth, comme une amoureuse retarde son plaisir pour attendre celui de l'autre, le doigt sur la détente, attendait le spasme mortel de son frère, lui criait de la rejoindre, l'appelait par son nom, guettant la minute splendide où ils s'appartiendraient dans la mort.

Paul, épuisé, laissa rouler sa tête. Élisabeth crut que c'était la fin, appuya le canon du revolver contre sa tempe et tira. Sa chute entraîna un des paravents qui s'abattit sous elle, avec un tinta-marre effroyable, découvrant la lueur pâle des vitres de neige, ouvrant dans l'enceinte une blessure intime de ville bombardée, faisant de la chambre secrète un théâtre ouvert aux spectateurs.

Ces spectateurs, Paul les distinguait derrière les vitres.

Tandis qu'Agathe, morte d'épouvante, se taisait et regardait saigner le cadavre d'Élisabeth, il distinguait dehors, s'écrasant parmi les rigoles de givre et de glace fondue, les nez, les joues, les mains rouges de la bataille des boules de neige. Il reconnaissait les figures, les pèlerines, les cache-cols de laine. Il cherchait Dargelos. Lui seul il ne l'apercevait pas. Il ne voyait que son geste, son geste immense.

— Paul ! Paul ! Au secours !

Agathe grelotte, se penche.

Mais que veut-elle ? Que prétend-elle ? Les yeux de Paul s'éteignent. Le fil se casse et il ne reste de la chambre envolée que l'odeur infecte et qu'une petite dame sur un refuge, qui rapetisse, qui s'éloigne, qui disparaît.

Saint-Cloud, mars 1929.

Achevé d'imprimer en octobre 2019 en Espagne par
Liberdúplex - 08791 St. Llorenç d'Hortons
Dépôt légal 1re publication : décembre 1958
Édition 59 – octobre 2019
LIBRAIRIE GÉNÉRALE FRANÇAISE – 21, rue du Montparnasse – 75298 Paris Cedex 06

30/0399/3